天山樓

천산루

조도형 新무협 판타지 소설

FANTASTIC ORIENTAL HEROES

# 천산루 12

## 조돈형 新무협 판타지 소설

초판 1쇄 찍은 날 § 2016년 12월 23일
초판 1쇄 펴낸 날 § 2016년 12월 30일

지은이 § 조돈형
펴낸이 § 서경석

편집책임 § 이창진

펴낸곳 § 도서출판 청어람
등록번호 § 제387-1999-000006호
등록일자 § 1999. 5. 31
어람번호 § 제2-2695호

주소 § 경기도 부천시 부일로 483번길 40 서경B/D 3F (우) 14640
전화 § 032-656-4452  팩스 § 032-656-4453
http://www.chungeoram.com
E-mail § chungeorambook@daum.net

© 조돈형, 2014

ISBN 979-11-04-91114-9 04810
ISBN 979-11-316-9083-3 (세트)

천산루

天山樓

조도형 新무협 판타지 소설

12

[완결]

FANTASTIC ORIENTAL HEROES

도서출판 청어람

천산루

84장

씹어 먹다

　사풍단과 적혈단이 전장에 도착한 것은 앙천단이 모조리 전멸한 뒤였다.

　"생존자는 없는 것 같습니다."

　적혈단 부단주 마총이 굳은 표정으로 보고를 올렸다.

　"구 장로는?"

　낭인천의 장로이자 적혈단 단주인 적혈사황 동왕이 미간을 찌푸리며 물었다.

　"숨이 끊어진 채 발견되었습니다."

　"시신은 어디에 있느냐?"

"안내하겠습니다."

마총이 발걸음을 옮기자 동왕과 어깨를 나란히 하고 있던 사풍단주 전융이 육중한 몸을 흔들며 물었다.

"못난 늙은이의 시신은 봐서 뭣하려고?"

"못난 것은 사실이지만 그래도 낭인천의 장로잖아. 순순히 당하지는 않았겠지. 적어도 적이 어떻게 구 장로를 쓰러뜨렸는지 정도는 확인할 수 있겠지."

"굳이 확인까지 해야 할 일인지는 모르겠군."

투덜거림도 잠시, 마총의 안내를 받은 두 사람은 구포의 시신 앞에 도착할 수 있었다.

"이게 정말 구 장로냐?"

동왕이 떨리는 음성으로 물었다. 그도 그럴 것이 눈앞에 있는 시신은 도저히 사람의 몸뚱이라 말하기 힘들 정도로 처참하게 짓뭉개져 있었기 때문이었다.

"손가락에 낀 인장을 확인했습니다. 골격을 봐도 틀림없습니다."

마총이 구포의 것이라 여겨지는 반지를 공손히 바치며 말했다.

"놀랍군. 자네 말대로 낭인천에서도 한가락 하는 늙은이인데 이런 꼴로 당하다니."

"다 늙은 퇴물일 뿐이야."

전융이 코웃음을 쳤다.

"그렇긴 하지. 한데 포로들은 어찌 되었지? 설마 죽거나 한 것은 아니겠지?"

피식 웃은 동왕이 고개를 돌려 물었다.

"포로의 시신은 발견되지 않았습니다. 모두 탈출한 것 같습니다."

마총의 대답에 전융이 파안대소했다.

"그건 잘됐군. 늙은이가 혹시나 미친 척하고 사고라도 치면 어쩌나 걱정했는데. 아무튼 여기서 머뭇거릴 게 아니라 당장 움직여야 할 것 같은데."

고개를 끄덕인 동왕이 마총에게 명했다.

"추종술에 뛰어난 놈들을 추려서 먼저 출발시켜. 본대는 잠시 휴식을 취하고 출발한다. 아, 구 장로와 나머지 시신도 대충 수습은 해주고."

"알겠습니다."

마총이 물러나자 전융이 불만스러운 표정으로 말했다.

"아무튼 뒈져서까지 귀찮게 하는 늙은이야. 참, 천주님께 연락을 해야겠지?"

"그래야지."

"전서구는 우리가 띄우지."

전융이 고개를 돌려 명했다.

"천주님께 구 늙은이와 앙천단이 모조리 돼졌다고 전해 드려. 적혈단과 우리가 놈들을 쫓는다는 것도. 그리고 시신 치우는 것도 좀 도와줘라."

"예."

부단주 고마진이 조용히 대답하며 물러나자 전융은 허리춤에 매달려 있던 술병을 집어 들고 벌컥벌컥 술을 들이켰다. 목을 타고 오는 후끈한 느낌에 오만상을 찌푸리던 전융이 괴소를 흘렸다.

"흐흐흐. 어쨌거나 심심하지는 않겠어. 제법 재밌는 사냥이 될 것 같단 말이지."

"방심은 금물이지. 구 장로와 앙천단이 아무리 보잘것없다고 해도 이토록 깔끔히 몰살시킨 것을 보면 상당히 뛰어난 자들이 움직인 모양이야. 하긴 그만한 가치가 있는 포로긴 하지만."

"뛰어나 봤자 산속에 처박혀 있는 쥐새끼들에 불과하잖아. 쥐새끼가 아무리 잘나도 고양이 앞에선 한입거리밖에 되지 않는 법이고."

다시금 술을 들이켠 전융이 입가를 타고 흐르는 술을 닦아내며 진하디진한 살소를 지었다.

"기대하라고. 아주 뼈까지 씹어 먹어줄 테니까."

흥에 젖어 던진 빈 술병이 한참이나 허공에서 머무르다

땅에 부딪쳐 산산조각이 되어 흩어졌다.

*　　　　*　　　　*

"와아아!"

초조한 기색으로 전방을 주시하던 이들의 입에서 함성이 터져 나왔다. 작전이 완벽하게 성공했음을 이미 알고 있었음에도 불안감을 감추지 못하던 이들의 얼굴에 비로소 미소가 지어졌다.

진유검과 어깨를 나란히 하고 걸어오던 유환이 멀리서 자신을 기다리고 있는 진소영을 발견했다. 그리고 품에 안긴 딸의 모습까지.

"여보!"

조금 전까지만 해도 지친 기색이 역력했던 유환이 어디서 그런 힘이 나는지 번개처럼 내달렸다. 유환뿐만이 아니었다. 그와 함께 탈출한 포로들 역시 자신들을 기다리는 이들을 향해 기쁨의 눈물과 함께 달려갔다. 진유검을 비롯하여 이번 작전에 참가한 이들 모두가 그들의 모습을 바라보며 환한 미소를 지었다.

진유검이 부둥켜안은 채 눈물을 흘리고 있는 진소영 부부에게 걸어갔다.

"잘한다. 아무리 좋아도 그렇지 애가 무슨 죄가 있다고 그리 울려."

진유검은 목이 터져라 울어재끼는 유가려를 빼앗듯이 품에 안았다.

"유, 유검아."

화들짝 놀란 진소영이 눈물 가득한 얼굴로 진유검을 불렀다. 진유검의 얼굴을 보자 너무도 기쁜 나머지 잠시 잊고 있던 일이 떠오른 것이다.

"그렇게 감격할 건 없고. 내가 약속했잖아. 무사히 구해 온다고."

"그래, 그랬지."

진소영이 애써 눈물을 닦으며 고개를 끄덕였다.

"가려야, 삼촌 약속 지켰다."

진유검은 자신의 품에서 꼼지락대며 울고 있던 유가려의 볼에 자신의 얼굴을 마구 비볐다. 불편함을 참지 못한 유가려의 울음소리가 더욱 커지자 참지 못한 전풍이 목소리를 높였다.

"이리 주십시오. 그러다 멀쩡한 애 잡겠습니다."

전풍이 한심해 죽겠다는 표정을 지으며 양손을 내밀었다.

"가려가 물건이냐? 주긴 뭘 줘. 저리 꺼져."

진유검은 마치 토라진 아이처럼 전풍에게 눈을 부라리며 몸을 돌렸다.

"가려야, 삼촌이야, 삼촌. 삼촌 얼굴 기억하지? 기억한다고? 고맙기도 해라. 자자, 이쁜 우리 아기 그만 울어야지. 그렇게 울면 이쁜 얼굴에 주름 생겨요."

울음을 터뜨리는 유가려를 달래는 진유검의 어설픈 모습에 전풍은 물론이고 지금껏 그와 함께 했던 천강십이좌들의 입가에 헛웃음이 걸렸다.

한참을 달래도 유가려가 울음을 멈추지 않자 진유검은 난감한 표정으로 진소영을 바라보았다.

"얘 왜 이렇게 울지?"

"제가 달래……."

"더러운 손 내밀지 말고 꺼지라니까."

전풍이 기다렸다는 듯 다가왔지만 진유검은 거들떠보지도 않았다.

"낯설어서 그래."

진소영이 슬픈 미소를 지으며 유가려를 안아 들었다.

"그… 런가?"

진유검이 시무룩해하자 유환이 그의 어깨에 손을 올리며 말했다.

"진짜 억울한 사람은 나야. 아빠 보고도 울잖아. 잠깐 못

봤다고."

"흐흐흐. 그렇긴 하네요."

너털웃음을 흘리던 진유검이 진소영의 볼을 타고 흐르는 눈물을 보며 인상을 살짝 찌푸렸다.

"이제 그만 울어. 다 잘됐잖아. 매형도 무사히 돌아왔고. 누가 보면 큰일이라도 치른 사람처럼 보여."

농담처럼 던진 말이었지만 억지로 참고 있던 진소영의 감정을 폭발시키기엔 충분했다.

"유… 검아!"

슬픔으로 가득한 음성, 감정을 주체하지 못하고 떠는 진소영을 보며 당황하던 진유검은 환호작약하던 조금 전과는 달리 착 가라앉은 주변의 분위기에 뭔가 심상치 않은 느낌을 받았다.

"무슨 일이야? 왜 그러는데?"

진유검이 진소영의 떨리는 어깨를 잡으며 물었다. 유가려를 향해 바보 같은 웃음을 짓던 모습은 완벽하게 사라졌다.

"할아… 버지가……."

진소영은 말을 잇지 못했다.

"할아… 버지? 할아버님께 무슨 일이라도 생긴 거야?"

어깨를 잡은 손에 자신도 모르게 힘이 들어갔다. 고통으로 인해 진소영의 얼굴이 살짝 일그러졌지만 진유검은 전혀 의식하지 못한 채 다시 물었다.

"빨리 말해봐. 무슨 일이 생긴 거냐고?"

그때, 흥분한 진유검의 팔을 잡는 손이 있었다.

"그건 제가 말씀드리지요."

진유검의 싸늘한 시선이 자신의 팔을 잡은 이에게 향했다.

두 눈이 휘둥그레졌다. 팔을 잡은 사람이 다름 아닌 진유검 일행이 포로를 구하기 위해 떠난 직후 도착한, 그를 만나기 위해 수백 리 길을 달려온 천강십이좌의 항정이기 때문이었다.

\* \* \*

"이곳에서 얼마나 멀지?"

추격조 조장 추인호의 물음에 지척 기색이 역력한 조위가 숨 돌릴 틈도 없이 대답했다.

"빠른 걸음으로 반각이면 도착할 수 있는 거리입니다."

"반각이라면 코앞이네. 놈들이 눈치를 채거나 한 것은 아니겠지?"

"걱정하지 마십시오. 어차피 흔적을 쫓는 것이라 놈들과

만날 일도 없었고 그래도 혹시 몰라 놈들의 근거지만 멀리
서 확인하곤 재빨리 물러났습니다."

추격조 중에서도 가장 고참인 데다가 경공술은 물론이고
은신술이 뛰어난 조위의 말이었기에 믿음이 갔다.

"그래, 잘했다. 좀 쉬어."

고개를 끄덕인 추인호가 고개를 돌리며 다시 물었다.

"양광, 단주님과 거리는 얼마지?"

"도착하실 때가 된 것… 아, 도착하신 것 같습니다."

대답하던 양광이 저 멀리서 피어오르는 흙먼지를 발견하
곤 반색을 하며 말했다.

추인호와 조원들이 자세를 바로 하는 사이 적혈단과 사
풍단이 흙먼지를 뚫고 그들 앞에 도착했다.

"어서 오십시오, 단주님."

추인호가 무릎을 꿇고 예를 표했다.

"고생했다. 기다리고 있는 것을 보면 놈들의 근거지를 확
인한 모양이군."

동왕이 손짓으로 추인호를 일으키며 말했다.

"예, 이곳에서 반각 거리에 있다고 합니다."

"몇 놈이나 있는 거냐?"

전융이 물었다.

"그것까지는 확인하지 못했습니다. 아무래도 접근하는

것이 조심스러워서……."

추인호가 죄를 지은 듯한 표정을 짓자 동왕이 고개를 저었다.

"아니다. 괜히 들켜서 놈들에게 경각심을 주는 것보다는 낫지. 잘했다."

"그도 그러네. 아무튼 어차피 인원이라 봐야 뻔한데 여기서 미적거릴 게 아니라 바로 끝내 버리지? 놈들이 본거지에 도착할 때까지 기다려 주느라 아주 죽을 지경이야."

자기 키보다 훨씬 긴 창을 빙글빙글 돌리던 전융은 동왕이 바로 대꾸를 하지 않자 정색을 하며 말했다.

"설마 또 쉬자는 소리는 하지 않겠지? 쉬려면 적혈단이나 쉬라고. 우린 바로 공격을 할 테니까. 난 빨리 놈들의 피맛을 보고 싶단 말이야."

전융이 창날을 혀로 핥으며 진한 살소를 지었다.

"편한 대로 해. 우리가 놈들의 배후를 차단할 테니까 마음껏 날뛰어봐."

동왕은 그다지 대수롭지 않다는 듯 고개를 끄덕였다.

"흐흐흐! 배후까지 차단할 필요도 없어. 그럴 필요도 없이 모조리 쓸어버릴 테니까. 고마진!"

동왕의 허락을 얻은 전융은 재빨리 몸을 돌리며 부단주를 불렀다.

황급히 달려온 고마진에게 성내듯 명을 내리는 전융을 보며 추인호가 조심히 말했다.

"놈들을 추격한 것은 저희들입니다. 어째서 사풍단에게⋯⋯."

말끝을 흐리는 추인호의 얼굴엔 고생을 한 것은 자신들인데 사풍단에게 모든 전공을 빼앗기는 것은 아닌지 걱정하는 표정이 역력했다.

"걱정하지 마라. 장담컨대 이번 싸움 결코 쉽지 않다."

"예?"

추인호가 놀란 눈을 치켜떴다.

"전융은 무시했지만 몇 되지도 않는 놈들이 앙천단을 몰살시키고 구 장로까지 황천길로 보낸 놈들이다. 비록 앙천단의 실력이 떨어지는 것은 사실이나 그렇다고 그리 속수무책으로 당할 정도로 약한 놈들도 아니지. 사풍단도 꽤나 고생을 할 거다. 아, 물론 사풍단이 진다는 얘기는 아니다. 고전을 한다는 것이지. 그리되면 상황은 어찌 흘러갈까?"

추인호가 이해하지 못한 듯 멍한 표정으로 침묵하자 동왕이 피식 웃으며 말을 이었다.

"다른 놈들은 몰라도 수호령주의 인척이란 놈은 어떻게든지 빼돌리려고 할 것이다. 무림맹으로선 이곳에 모여 있는 모든 놈들을 희생하더라도 지켜야 할 만큼 중요하니까."

"아!"

그제야 이해를 한 추인호가 탄성을 내질렀다.

"도망치거나 말거나 다른 놈은 다 필요 없어. 오직 그놈만 제대로 잡으면 된다. 거추장스러운 놈들은 사풍단에게 맡기고 말이야."

동왕은 공격 명령을 내리곤 선두로 달려가는 전융을 보며 차갑게 미소 지었다.

"그런데 단주님."

추인호의 곁에서 조용히 듣고 있던 마총이 입을 열었다.

"왜?"

"놈들이 생각보다 약해서, 그래서 사풍단이 그 포로 놈을 잡는 데 성공하면 어찌 되는 겁니까?"

"글쎄. 그건 아직 생각하지 못했는데."

동왕은 피식 웃으며 전융을 향해 고개를 돌렸지만 마총은 그의 눈에서 찰나지간 살기가 일렁이는 것을 놓치지 않았다.

*　　　*　　　*

"괜찮아?"

홀로 앉아 슬픔과 분노를 삭이고 있던 진유검이 진소영

의 음성에 천천히 고개를 돌렸다. 진소영은 선뜻 다가서지 못하고 걱정스러운 표정으로 그를 바라보고 있었다.

"그럭저럭. 이젠 괜찮아."

진유검이 슬픈 미소를 지으며 힘없이 대꾸했다. 조금 전, 할아버님의 죽음을 전해 듣고 단순히 몸에서 뿜어져 나온 기세만으로 주변 사람 태반을 혼절지경까지 이르게 만들었던 진유검의 모습을 떠올리며 안도의 숨을 내뱉은 진소영이 가만히 다가와 곁에 앉았다.

"이제 어찌할 생각이야?"

진소영이 조심히 물었다.

"어쩌긴, 빨리 돌아가야지. 살아생전 제대로 모시지 못했으니까 장례라도 제대로 치러 드려야 하잖아. 호도 걱정이 되고. 다 컸다고 해도 지금 같은 상황을 감당하기엔 아직 어려."

"그래, 충격이 크겠지. 의지할 피붙이도 없고."

진소영이 혼자 남은 조카 진호를 떠올리며 안타까워했다.

"그리고 복수도 해야지."

진소영은 무덤덤한, 그랬기에 더욱 섬뜩한 진유검의 음성에 몸을 흠칫 떨었다.

"단우 노야가 원하는 사람은 분명 나였어. 이제는 내가 간절히 원하게 되었지만. 빌어먹을! 그때 확실히 마무리를 지었어야 했는데. 모든 것이 내 잘못이야."

신경질적으로 소리를 지른 진유검이 이를 악물더니 고개를 홱 돌리며 물었다.

"지금이라도 제대로 바로잡아야지. 안 그러냐?"

바위 뒤에서 전풍이 슬그머니 모습을 보였다.

"완전히 넋을 놓고 있길래 걱정했는데 이제 정신이 좀 돌아온 모양이네요. 뭐 하십니까? 바로 움직여야죠. 우린 이미 준비가 끝났습니다."

"우리?"

진유검의 말이 끝나기가 무섭게 전풍의 뒤쪽에서 곽종이 모습을 드러냈다.

"설마 혼자 갈 생각이었습니까?"

곽종을 시작으로 나머지 천강십이좌들도 속속 진유검의 곁으로 다가왔다.

진유검이 물끄러미 그들을 바라보았다. 표정을 보건대 억지로 떼어놓는다고 떨어질 것 같지가 않았다. 따지고 보면 굳이 그럴 필요도 없었다. 이심전심, 진유검이 그들을 보며 감사의 눈빛을 지을 때였다.

"적입니다. 낭인천 놈들이 접근을 하고 있습니다."

운호대주 유호가 보낸 수하가 다급히 달려오며 소리쳤다.

"낭인… 천?"

진유검의 눈빛이 변하는 것은 순식간이었다.

*       *       *

힘없이 감겨 있던 눈꺼풀이 파르르 떨리고 그 사이로 희미한 달빛이 스며들었다.

'대체 무슨 일이… 크으으!'

전용은 자신에게 닥친 상황을 이해하기도 전에 가슴에서 밀려드는 극통을 느끼며 오만상을 찌푸렸다.

"정신이 드십니까, 단주님?"

굳이 얼굴을 확인하지 않아도 알 수 있는 익숙한 목소리였다.

"내게 무슨 일이 벌어진 거냐?"

전용은 가슴에 입은 부상이며 자신이 움켜쥐고 있는 창이 어째서 부러진 것인지를 이해하지 못하고 물었다.

"기억나지 않으십니까?"

부단주 고마진이 힘겹게 몸을 일으키는 전용을 부축하며 되물었다.

"허둥지둥 기어 나오는 쥐새끼들의 목을 날려 보내고 있었다는 것까지는 기억이 난다. 그리고 뭔가가 날아……."

기억을 떠올리던 전융의 고개가 홱 돌아갔다. 때마침 사풍단의 최고참이자 자신과 비교해 그다지 떨어지지 않는 실력을 지녔다고 알려진 십조장 희관의 다급한 음성이 들려왔다.

"막아! 물러서지 마라."

희관의 외침을 비웃기라도 하듯 희관과 그의 수하들을 유린하는 진유검의 공격은 더욱 거세어졌다.

"내가 저놈의 공격을 받고 쓰러진 것이냐?"

전융이 살기등등한 눈빛으로 진유검을 노려보았다.

"그렇습니다."

"창도 그때 부러진 것이고?"

전융이 손에 쥔 창을 힘주어 잡으며 물었다.

"예, 만약 그 창이 아니었다면 아마도 단주님께선……."

고마진이 말끝을 흐렸지만 그 정도도 이해하지 못할 전융이 아니었다.

"그러니까 천하의 전융이 고작 저런 애송이의 기습 공격에 당해 정신을 잃었다는 것이군. 무기를 잃고 이런 부상까지 당한 채."

전융이 어처구니없다는 표정을 짓자 고마진이 정색을 하며 말했다.

"착각하셔선 안 됩니다, 단주님. 고작 애송이가 아닙니다."

고마진은 자신을 바라보는 전융의 눈빛이 매서워지는 것에 아랑곳하지 않았다.

"단주님께서 정신을 잃은 시간이 채 반각도 되지 않았습니다만 그 반각 동안에 사풍단 전력의 칠 할이 날아갔습니다."

"칠… 할?"

"예, 그나마 본단 전력의 중추라 할 수 있는 구조와 십조의 고참들이 희생하지 않았다면 이미 전멸을 면치 못했을 겁니다."

"말도 안 되는……."

전융은 믿어지지 않는다는 표정으로 고마진을 응시했다.

"크아악!"

단말마의 비명과 함께 죽을힘을 다해 동료, 수하들을 독려하던 희관의 머리가 허공으로 치솟았다. 전융이 혼절한 상황에서 끝까지 사풍단을 지켜오던 십조장 희관의 외마디 비명과 함께 전융은 고마진의 설명에 한 치의 가감도 없다는 것을 깨달았다.

"두려워하지 마라! 물러서지 말고 응전해라!"

전융이 목이 터져라 외쳤다. 핏발 선 눈빛에서 그의 분노가 여실히 드러났지만 이미 전력의 칠 할 이상이 날아간 상황에서 자신의 외침이 얼마나 허망한 것인지 전융 또한 모르지 않았다.

"안 됩니다, 단주님. 퇴각해야 합니다."

피투성이가 된 부단주 고마진이 앞으로 나가려는 전융의 팔을 잡았다.

"무슨 헛소리냐? 퇴각이라니!"

전융이 불같이 화를 냈지만 고마진은 물러나지 않았다. 오히려 단호하게 고개를 저으며 폭풍처럼 몰아치는 천강십이좌의 공격을 감당하느라 어쩔 줄을 몰라 하는 수하들을 가리켰다.

"저자들 또한 보통 고수들이 아닙니다."

확실히 그랬다. 진유검이 사풍단의 주축이라 할 수 있는 구조와 십조를 무력화시키는 동안 적진으로 파고든 천강십이좌들 역시 자신들의 존재감을 제대로 증명하며 사풍단을 마음껏 유린했다. 비교적 여유를 부리는 문청공이나 항정과는 달리 임소한과 여우희, 곽종은 말 그대로 무시무시한 살수를 뿌려댔는데 진유검을 수행하며 몇 차례나 생사의 고비를 넘어온 그들의 실력은 이미 군산을 떠나올 때와는 비교가 되지 않을 정도였다.

수하들을 공격하는 천강십이좌의 실력이 자신에 못지않다는 것을 확인한 전융이 입술을 꽉 깨물며 고개를 좌우로 돌렸다.

"한데 적혈단은, 그들은 어디에 있느냐?"

고마진이 쓴웃음을 지으며 침묵하자 전융은 그 이유를 곧바로 깨달았다.

"교활한 놈. 예상치 못한 상황에 어찌해야 할지 열심히 머리를 굴리고 있겠군."

전융은 사풍단의 위기를 뻔히 파악하고 있음에도 움직이지 않고 있는 적혈단의 비겁함에 욕설을 내뱉곤 그대로 몸을 돌렸다. 고마진이 미처 말리기도 전, 전융의 신형은 진유검을 향해 화살처럼 쏘아졌다.


"퇴각한다."

심각하게 전장을 살피며 고민을 하던 동왕의 입에서 마침내 명령이 떨어졌다.

"퇴각… 입니까?"

마총이 살짝 떨리는 음성으로 물었다. 어느 정도 예상을 하고 있었으나 막상 명령을 받으니 조금은 당황스러웠다.

"왜? 지원이라도 하자고?"

"……."

"지원을 하려면 진작에 했어야지. 너무 늦었어."

동왕의 시선이 다시금 전장으로 향했다. 때마침 깨어난 전융이 진유검을 향해 달리는 모습이 들어왔다.

"설마하니 전융이 한 방에 나가떨어질 줄은, 사풍단이 저리 순식간에 무너질 줄은 생각도 못 했다. 이건 뭐 고민하고 자시고 할 시간도 없었잖아. 사풍단이 저 꼴이라면 우리가 지원을 한다고 해도 소용없어. 쓸데없이 피해만 커질 뿐이지."

"위에서 알면 문제가 될 수도 있습니다."

마총의 염려에 동왕은 허탈한 웃음을 지었다.

"어쩔 수 없는 일이지. 비난이야 있겠지만 그래도 전력을 보전한 것만으로도 충분하다고 여길 거다. 그만큼 상대가 강하잖아."

굴욕적인 퇴각임에도 결정을 내린 동왕은 미련을 두지 않았다.

"서둘러라. 괜히 시간 끌다가 우리에게 불똥이 튈 수도 있음이니. 퇴로를 끊기 위해 우회한 녀석들도 당장 물러나라 이르고."

마총은 확고한 동왕의 태도에 더 이상 토를 달지 않았다.

"알겠습니다."

고개를 숙인 마총이 명을 전하기 위해 몸을 돌릴 때였다. 날카로운 파공성과 함께 뭔가가 날아들었다.

"저… 저!"

가장 먼저 위험을 감지한 동왕이 뭐라 경고를 하기도 전

공간을 가르며 날아든 물체가 마총의 심장을 꿰뚫었다. 정체 모를 물체는 마총의 심장을 꿰뚫은 것도 부족해 동왕마저 노렸다. 본능적으로 움직인 동왕의 손이 합장하듯 물체를 움켜잡았다.

쿵. 쿵. 쿵.

힘을 이기지 못한 동왕의 신형이 거칠게 흔들리며 몇 걸음 물러났다. 손아귀에서 찢어질 듯한 고통이 느껴졌다. 고개를 숙인 동왕의 눈에 조금 전까지 전융의 손에 들려 있던 부러진 창이 들어왔다.

동왕이 놀란 눈으로 고개를 홱 돌렸다.

전융의 신형은 무릎을 꿇은 채 서서히 무너져 내렸고 그의 어깨를 지렛대 삼아 도약한 진유검이 동왕을 향해 일직선으로 달려오고 있었다.

"적이다. 기습에 대비해라."

동왕의 다급히 외침에 재빨리 움직인 적혈대의 대원들이 그를 에워쌌다. 한데 동왕에게 접근한 적혈대원 중 특히 눈에 띄는 사람들이 있었다. 사풍단의 구조, 십조가 그러하듯 적혈단에서도 가장 선임이라고 할 수 있는 자들이었는데 대다수의 나이가 사십이 넘었고 몇 명은 동왕보다 선배였다.

"단장, 아무래도 심상치 않아."

반백으로 변해 버린 머리카락을 멋지게 치켜 묶은 연강이 급격하게 거리를 좁히는 진유검을 보며 굳은 표정으로 말했다.

　"그러게. 사풍단을 박살 낼 때 느낀 건데 보통 고수가 아니야. 이것 좀 봐."

　연강과 어깨를 나란히 한 우엉이 곤두선 솜털을 가리키며 몸을 부르르 떨었다.

　"제길, 지금껏 잘 버텨왔는데 어쩌면 오늘이 제삿날이 될지도 모르겠네. 뭐 해? 빨리 꺼지지 않고."

　연강이 동왕의 팔을 낚아채 잡아당기며 소리쳤다.

　"영… 감."

　동왕이 굳은 얼굴로 연강과 무겁게 고개를 끄덕이는 우엉을 바라보았다.

　"후배 하나 지켜주지 못할 정도로 늙진 않았으니까 걱정마. 그래도 빨리 움직여야 될 것 같은데. 저 정도 실력이면 솔직히 얼마 버티지 못해."

　진유검에게 시선을 고정시킨 연강이 동왕의 몸을 툭 치며 걸음을 내디뎠고, 뒤를 이어 정확히 여섯 명의 중년인이 진유검을 상대하기 위해 나섰다.

　열다섯의 나이에 적혈단에 들어온 자신과 헤아릴 수 없을 정도로 많은 사선을 넘어온, 매년 십수 명이 죽어나가는 치열한 삶 속에서도 수십 년을 함께 버텨온 혈육 같은 이들이었다.

동왕은 멍한 눈으로 그들의 뒷모습을 바라보았다. 내적 갈등 때문인지 눈동자가 거칠게 흔들렸다. 그것도 잠시였다.

"정말 거지 같은 상황이네."

피식 웃음을 터뜨린 동왕은 어느새 그들과 어깨를 나란히 하고 있었다.


"정⋯ 말 대단하군. 뭐라 표현할 길이 없어."

만월문주 담고는 기습 공격을 해온 사풍단을 오히려 폭풍처럼 쓸어버리고 뒤이어 적혈단까지 공격하는 진유검의 모습에 할 말을 잃었다.

얼마 전 포로들을 구출할 때도 엄청난 신위를 보여줬지만 그땐 비록 소수지만 운호대에서 뽑은 정예들도 지원에 나섰고 포로들을 구금하고 있던 앙천단의 전력 또한 낭인천의 여러 전투단과 비교해 뛰어나다고 할 정도는 아니었다. 한데 지금의 적은 달랐다. 앙천단과는 비교도 되지 않을 정도의 전력을 지녔다. 그런 적들을 말 그대로 짓뭉개버리는 진유검의 신위는 보고 있는 것만으로도 오한이 날 정도였다.

"저들의 표식을 보건대 사풍단입니다. 저쪽 놈들은 적혈단이군요. 낭인천에서도 손에 꼽히는 놈들입니다."

운호대주 유호가 침을 꿀꺽 삼키며 말했다.

"운호대와 비교해선 어떤가?"

담고가 자신도 모르게 물었다. 묻고는 아차 싶은 표정을 지었지만 진유검에게 시선을 빼앗기고 있던 유호는 그다지 개의치 않는 것 같았다.

"인원만 비슷하다면 재밌는 싸움이 되겠지요."

승패에 대해 결론을 내린 말은 아니었으나 담고는 그의 대답에서 운호대에 대한 자부심을 느낄 수 있었다.

"어쨌거나 담 문주님 말씀대로 뭐라 표현할 수가 없군요. 일전에 수호령주님의 실력을 충분히 보았다고 여겼지만 실로 엄청난 착각이었습니다."

담고는 포로들을 구출할 때를 떠올렸지만 정작 유호가 떠올린 것은 과거 무황성에서 벌어진 진유검과 이화검문의 전대 문주 문일청, 신도세가 천무진천과의 싸움이었다.

"아마도 무황성에서 벌어진 참상이 영향을 끼친 것 같습니다."

"참상이라면… 아!"

담고가 이해를 하고 크게 고개를 끄덕였다.

"그렇겠군. 낭인천은 산외산의 수족이라 할 수 있으니.

수호령주의 움직임에 깃든 저 엄청난 살기가 제대로 이해가 되는군."

담고는 단순히 스쳐 지나가는 것만으로도 어육으로 변해 버리는 적혈단을 보며 몸을 부르르 떨었다. 멀리 떨어진 곳에서 지켜보는 것만으로도 질식할 듯한데 정작 그 살기를 정면에서 맞서야 할 적들의 공포가 얼마나 대단할지 짐작하기도 힘들었다.

그때였다. 오직 진유검의 움직임에 시선을 집중하고 있던 유호의 눈동자가 차갑게 빛났다.

"우리도 움직여야 할 것 같습니다."

"무슨 소린가? 싸움에 끼어들겠다는 말인가?"

담고가 놀란 눈으로 물었다.

진유검과 천강십이좌가 본격적으로 나선 순간부터 운호대는 물론이고 서북무림 연합군의 병력 중 누구도 움직이지 못했다. 함께 무기를 들고 싸우고 싶었지만 그럴 엄두가 나지 않는 것이었다. 괜시리 나섰다가 방해만 되면 그 또한 문제라 여겼기 때문이었다.

"저놈들을 칠 생각입니다."

유호가 우회했다가 돌아오는 적혈단의 일부 병력을 가리켰다. 숫자는 대략 삼십 정도. 운호대가 상대하기 적당한 숫자였다.

"대주의 마음은 이해를 하네만 차라리 저들에게 맡기는 것이 어떤가?"

담고는 운호대가 괜한 호승심에 나섰다가 쓸데없는 피해를 볼까 걱정스러웠다.

"수호령주님은 논외로 한다고 해도 천강십이좌는 조금 지쳐 보입니다. 처음부터 워낙 거세게 몰아쳐서 그렇지 사실 사풍단과 적혈단은 결코 만만한 놈들이 아닙니다."

"음, 그런 것 같기도 하군."

담고는 진유검에 이어 적혈단에 대한 공격을 막 시작한 천강십이좌의 움직임이 사풍단을 상대할 때와는 어딘지 모르게 다르다는 것을 확인하곤 고개를 끄덕였다.

"하면 다 같이……."

담고가 뒤를 돌아보며 누군가를 부르려 할 때 유호가 부드럽게 웃으며 그를 만류했다.

"운호대가 합니다."

유호의 단호한 표정을 본 담고는 조금 전 자신이 무척이나 쓸데없는 질문을 했다 여기며 쓴웃음을 짓고 말았다.

\* \* \*

'뭐냐? 대체 이놈은 뭐냐고!'

동왕은 자신의 전력이 담긴 공격을 간단히 흘려 버리곤 우엉에게 치명적인 일격을 가하는 진유검의 움직임을 보며 아득한 절망감을 느꼈다.

일 대 육의 공방이 벌어진 후 고작 삼십여 초 만에 네 사람이 목숨을 잃었고 두 사람이 치명적인 부상을 당한 채 쓰러졌다. 이제 남은 사람은 자신뿐이다. 물론 주변엔 자신을 지키기 위해 언제라도 몸을 던질 각오가 되어 있는 수하들이 무수히 존재했지만 모든 것이 부질없다는 것은 명확했다. 그 누구도 눈앞의 괴물이 휘두르는 검을 받아내지 못할 것이고 덤비는 족족 추풍낙엽처럼 쓰러질 것이다. 조금 전, 사풍단이 그랬던 것처럼.

'제기랄! 의리는 얼어 죽을. 역시 도망을 쳤어야 했어.'

이제와 후회가 되었지만 돌이킬 수는 없는 일. 또한 다시 그 상황이 된다고 해도 아마도 같은 선택을 했을 것이다. 눈앞의 괴물은 결코 자신들을 그대로 보내지 않았을 테니까.

'그런데 대체 이놈은 누구란 말이냐?'

아무래도 이해가 가지 않았다.

낭인천과 상대하는 적들은 무당과 화산파가 주축이 된 서북무림 연합이었고 적진을 대표하는 자들은 당연히 화산파와 무당파의 고수들이다.

수차례의 싸움을 통해 그들의 실력은 똑똑히 확인했다. 그들 모두가 서북무림, 아니, 중원무림을 대표할 수 있을 정도로 대단한 실력을 지닌 자들이었으나 이 정도는 아니었다.

　그들이 아무리 강하다고 해도 충분히 이길 자신이 있었고 설사 진다고 하더라도 이런 식으로 압도적인 절망감을 느끼리라고는 생각지 못했다.

　때마침 들려온 비명 소리에 동왕의 시선이 천강십이좌들에게 향했다.

　눈앞의 괴물에 비할 바는 아니나 그들 역시 감당키 힘든 적들이었다.

　화산과 무당파를 대표하는 고수들에 버금가는, 어쩌면 그 이상의 실력을 지닌 것 같은 고수들이 수하들을 유린하는 것을 보며 동왕은 숨이 턱 막혔다.

　"대체 네놈들은, 네놈은 누구란 말이냐?"

　동왕은 자신을 향해 다가오는 진유검을 향해 발작적으로 소리쳤다. 무심히 다가오며 검을 뻗던 진유검의 입에서 그의 이름이 흘러나왔다.

　"진유검."

　'진… 유검? 진유검! 이런 미친!'

　진유검의 공격을 피하기 위해 뒷걸음질 치던 동왕의 얼

굴이 경악으로 일그러졌다.

"네, 네놈이 어찌 여기에⋯⋯."

진유검을 처음 만난 앙천단주 구포와 똑같은 반응이었다. 그때처럼 대답은 말이 아니라 검이 대신했다.

진유검은 폭뢰로 동왕의 움직임을 묶고 단섬을 이용해 숨통을 노렸다.

폭뢰의 막강한 위력을 막아내느라 정신을 차릴 수 없었던 동왕은 섬전보다 빠르게 파고드는 단섬을 감당하지 못했다. 본능적으로 몸을 틀어 숨이 끊기는 것은 면했으나 대신 팔 하나를 내주고 말았다.

"크으으!"

허공으로 치솟는 왼팔을 보며 동왕의 입에선 고통스러운 신음이 흘러나왔다.

힘겹게 정신을 수습하는 동왕의 얼굴을 향해 뜨거운 액체가 뿌려졌다. 위기에 빠진 그를 구하기 위해 나선 적혈단원들의 피였다.

상관을 구하고자 하는 기개는 좋았지만 상대가 워낙 좋지 못했다. 다섯 명의 목숨으로 고작 숨 돌릴 시간을 얻는 것이 전부였다.

"카악, 퉤! 재수가 없으려니."

수하들의 주검을 밟으며 묵묵히 걸어오는 진유검을 보며

동왕은 피가 잔뜩 섞인 가래침을 뱉었다.

삶에 대한 미련은 평생을 함께해 온 동료들이 쓰러지며 버린 상태다. 적혈단의 단주로 이제 할 수 있는 것은 하나뿐이었다.

진유검이 코앞까지 육박해 왔음에도 동왕은 주저함 없이 몸을 돌렸다. 그러곤 자신을 돕기 위해 달려오는 수하들은 물론이고 천강십이좌를 상대로 힘겨운 싸움을 이어가고 있던 이들을 향해 목청 높여 소리쳤다.

"단주로서 마지막 명령이다. 모두 도망쳐라!"

말이 끝나기도 전에 진유검의 공격이 날아들었다.

동왕은 피하지 않았다. 얼마나 버틸 수 있을지 장담할 수는 없었지만 수하들이 도주할 시간을 벌기 위해, 그리고 적혈단주로서의 자존심을 지키기 위해서라도 끝까지 버텨야 했다.

코앞까지 짓쳐들어온 검을 보는 동왕의 입가에 굳은 의지가 담긴 미소가 흘렀다.

$$* \qquad * \qquad *$$

"지금쯤이면 연락이 올 때가 되었는데 아직도 별다른 소식이 없는 거냐?"

백인교와 밤새 술을 마신 여파 때문인지 그다지 표정이 좋지 않았던 탁강이 아침 보고를 하던 갈음소에게 신경질적으로 물었다.

"지난밤에 공격을 한다고 하였으니 이제 곧 소식이 도착할 때가 되었습니다. 조금만 더 기다려 주시지요."

갈음소는 행여나 탁강의 불호령이 떨어지지는 않을까 겁먹은 눈빛으로 고개를 숙였다.

"설마 일이 틀어지거나 잘못된 것은 아니겠지?"

"그럴 리는 없습니다. 혹시나 하여 서북무림의 움직임을 면밀히 살폈습니다만 별다른 움직임은 없었습니다."

"확실한 거냐? 앙천단을 몰살시킨 놈들처럼 또 다른 놈들이 은밀히 움직였을 수도 있다."

탁강이 의심스러운 눈초리로 갈음소를 응시했다.

앙천단의 일로 큰 책망을 당했던 갈음소는 움찔하며 고개를 저었다.

"틀림없습니다. 그때는 앙천단이 사로잡은 포로의 정체를 몰랐을 때였습니다. 만약 포로가 수호령주의 인척이라는 것을 처음부터 알았다면 서북무림 고수들의 행적을 절대 놓치지 않았을 것입니다."

물끄러미 갈음소를 응시하던 탁강이 고개를 끄덕였다.

"알았다. 사풍단과 적혈단이 나섰으니 이번엔 틀림없겠

지. 그런데 그자들, 앙천단을 그리 만들고 포로를 구해 간 놈들의 정체는 확인이 된 것이냐?"

"아직 확인하지 못했습니다만 사풍단의 보고를 분석해 봤을 때 최소한 무당과 화산파의 장로급 이상의 실력자들이 대거 나선 것이 틀림없습니다."

"얼마전 서북무림에 합류한 사공세가 놈들일 가능성은?"

"그 가능성 또한 배제할 수 없습니다만 아무래도 지형에 익숙한 이들이 움직였을 가능성이 조금 더 높다고 판단했습니다."

"아무튼 어떤 놈들이 되었든 이번 일은 확실히 좋은 기회다. 비록 앙천단이 당했지만 수호령주의 인척이라는 놈과 그놈을 구출해 간 놈들만 잡는다면 충분히 남는 장사야."

탁강이 의미심장한 표정을 지었다.

문이 열리며 피곤 가득한 얼굴의 백인교가 모습을 보였다.

"그 정도 실력자들이 나섰다면 수하들도 꽤나 상할 거요."

탁강의 맞은편 의자에 털썩 주저앉은 백인교는 목이 타는지 물을 벌컥벌컥 들이켰다.

"사풍단과 적혈단을 무시하지 마라, 사제. 어지간한 실력자들은 눈 깜짝할 사이에 삼켜 버리는 놈들이야. 뭐, 피해가 아주 없을 수는 없겠지만 그 정도 피해야 감수를 해야 하는 것이고."

탁강은 사풍단과 적혈단에 절대적인 믿음을 보여주었다.

그 말을 기다리고 있었다는 듯 혈랑대원이 서찰 하나를 갈음소에게 전했다.

"드디어 도착했군. 적혈대에서 보내온 것이냐?"

"예, 그렇습니다."

갈음소가 조심히 서찰을 바쳤다.

"자, 어찌 되었는지 볼까?"

서찰의 일부가 피에 젖었다는 것이 찜찜했지만 전장에서 온 소식이기에 크게 개의치 않은 탁강이 약간은 상기된 표정으로 서찰을 펼쳤다.

들떴던 표정이 사라지는 것은 순식간이었다.

얼굴 전체가 딱딱히 굳고 눈꼬리가 씰룩거리며 경련을 일으켰다. 서찰을 든 손도 파르르 떨렸다.

분위기가 심상치 않다고 여긴 백인교가 황급히 물었다.

"무슨 일인데 그러오? 뭐, 예상치 못한 일이라도 벌어진……."

탁강의 손에 들렸던 서찰이 힘없이 땅에 떨어지는 것과 동시에 백인교의 말문이 막혔다.

"맙소사!"

행여나 자신이 잘못 본 것은 아닌지 몸을 날려 서찰을 집어 든 백인교의 입에서 비명이 터져 나왔다. 그의 어깨너머로 조심스레 서찰을 확인한 갈음소 또한 경악을 금치 못했다.

　─전멸, 수호령주.

피로 쓴 서찰엔 단 두 단어만이 적혀 있었지만 그것만으로도 상황을 파악하기엔 충분했다.

"수, 수호령주라니 이게 대체 어찌 된 일이오?"

백인교는 도저히 믿을 수 없다는 얼굴로 물었다.

"그건 내가 묻고 싶은 말이다. 대답해라, 갈음소. 어째서 수호령주라는 이름이 여기에 등장하는 것이냐?"

백인교의 손에서 서찰을 빼앗듯 낚아챈 탁강이 아직도 충격에서 헤어 나오지 못하고 있는 갈음소를 향해 던졌다.

얼굴을 덮은 서찰을 떨리는 손으로 벗겨낸 갈음소의 낯빛은 창백하게 변해 있었다.

"그, 그것이……."

갈음소가 제대로 대답을 하지 못하자 탁강의 눈에서 살기가 일었다.

"뭐? 앙천단을 몰살시킨 놈들이 서북무림 놈들이라고?"

"죄, 죄송합니다."

갈음소는 바닥에 납작 엎드려 고개를 조아렸다.

"닥쳐라! 네놈이 그러고도 혈랑대의 수장이더냐? 마불사를 쳤던 사공세가가 서북무림 놈들을 지원하기 위해 이곳에 도착했다면 놈들과 연합을 했던 수호령주의 행방도 확인을 했어야 했다. 더구나 포로가 그의 인척임을 감안했을 때 그의 행방은 반드시 확인했어야 하는 사항이었단 말이다."

탁강의 추상과도 같은 질책에 갈음소는 아무런 대꾸도 하지 못하고 그저 처분만을 기다렸다.

백인교는 갈음소를 질책하는 탁강의 말에 다소 억지가 있다고 여겼지만 굳이 끼어들어 갈음소를 두둔할 생각은 없었다. 수호령주가 직접 나선 것은 예측할 수 없었다고 해도 혈랑대에서 조금만 더 빠르고 신중히 조사를 하고 정보를 수집했다면 분명 수호령주의 존재를 확인할 수도 있었을 것이라 여겼기 때문이었다.

"돌이켜 보건대 수호령주뿐만이 아니라 그를 추종하는 천강십이좌라는 자들도 함께 움직인 것 같소."

무시무시한 살기를 뿜어내며 갈음소를 짓누르던 탁강이 기세를 거두고 힘없이 고개를 끄덕였다.

"그렇겠지. 놈이 아무리 강하다고 해도 앙천단과 사풍단,

적혈단을 혼자서 몰살시킬 수는 없었을 테니까. 수호령주라니. 젠장, 골치 아프게 되었군."

서북무림을 돕기 위해 사공세가가 도착했다고 했을 때 오히려 비웃음을 흘리며 승리를 자신했던 탁강이었지만 지금은 그런 여유를 부리지 못했다.

사공세가에 비해 인원은 훨씬 적다고 해도 수호령주와 천강십이좌란 이름은 주는 무게감이 달랐다. 특히 반드시 넘어야 하지만 넘어볼 엄두조차 제대로 내지 못했을 정도로 거대한 벽이었던 단우 노야를 물리친 수호령주는 또 하나의 거대한 벽이나 다름없었다.

"포로를 구하기 위해 온 것일까?"

백인교가 고개를 저었다.

"그건 아닐 거요. 하루 이틀 거리도 아니고 시간상 말이 되지 않소. 아마도 사공세가처럼 서북무림을 지원하기 위해 오다가 소식을 들었을 거요."

"그래, 그렇겠지. 역시 우리를 노리고 왔다는 것이군."

탁강이 신경질적으로 입술을 질겅거렸다.

"마불사에 이어 이번엔 우리란 말이지. 좋아, 마음대로 해보라고 해. 우리가 마불사처럼 쉬운 상대가 아니라는 것을 똑똑히 보여줄 테니까. 갈음소."

여전히 바닥에 엎드려 있던 갈음소가 번개처럼 고개를

처들었다.

"예, 천주님."

"지금 당장 수뇌 회의를 소집해라. 일각 안으로 모두 모이라고 해."

"존명!"

벌떡 일어나 명을 받은 갈음소가 연기처럼 사라졌다.

"상대는 수호령주. 쉽지 않은 싸움이 될 거요."

백인교가 물 잔을 향해 뻗던 손의 방향을 바꿔 슬며시 술병을 잡으며 말했다.

"알아. 하지만 나 또한 쉬운 상대는 아니다."

탁강이 백인교의 술병을 뺏어 들며 말했다.

술병을 입에 가져가는 탁강의 손끝이 가늘게 떨리고 있음을 눈치챈 백인교는 쓴웃음과 함께 조용히 한숨을 내뱉었다.

**85장**

예상치 못한 변수(變數)

"수호령주의 활약으로 서북무림은 한숨 돌렸습니다. 질풍노도처럼 들이치던 낭인천의 기세가 완전히 꺾였습니다."

제갈명의 상기된 표정에 회의실에 모인 무황성의 수뇌들의 얼굴에도 오랜만에 미소가 흘렀다.

"허허허! 과연 수호령주로군. 몸도 정상이 아닐 텐데 그 짧은 시간에 그런 활약을 보이다니. 이보게, 군사."

껄껄 웃던 희천세가 제갈명을 불렀다.

"예, 대장로님."

"수호령주가 물리쳤다는 사풍단과……."

"적혈단, 앙천단입니다."

"그래, 한데 놈들이 낭인천의 주력은 틀림없는가?"

"예, 처음에 수호령주의 매형을 인질로 잡고 금전을 요구한 앙천단은 말단에 불과하나 사풍단과 적혈단은 핵심 중의 핵심입니다. 낭인천으로선 실로 큰 타격을 받은 셈입니다."

제갈명의 말에 회의실 곳곳에서 다시금 탄성이 터졌다.

얼굴 가득 미소를 짓던 희천세는 적혈단과 사풍단을 전멸시킨 진유검이 곧바로 무황성으로 되돌아오고 있음을 상기하곤 안타까운 표정을 지었다.

"그나저나 아쉽군. 일전에 마불사를 칠 때처럼 사공세가의 정예와 연합을 하여 몰아쳤다면 더욱 큰 성과를 얻었을 텐데 말이야."

"상황이 상황이니만큼 어쩔 수 없지요. 누구도 강요할 수 없는 일입니다."

장로 화조온의 말에 희천세가 장탄식을 터뜨렸다.

"알지요, 알다마다요. 이래서 사람 마음이 참 간사하다는 것 같습니다. 뻔히 사정을 알면서 이런 마음이 드는 것을 보면 말입니다."

"낭인천의 기세를 꺾은 것만으로도 충분하다고 봅니다.

사공세가의 정예들이 여전히 그곳에 남아 있고 수호령주의 활약을 확인한 서북무림 연합군의 사기가 하늘을 찌르고 있습니다. 그동안 서북무림 연합군의 방어벽을 뚫기 위해 동시다발적으로 공략을 해오던 낭인천의 움직임도 완전히 멎었고요. 서북무림 연합군의 수뇌진들 사이에선 정면으로 붙어도 승리할 수 있다며 수세에서 공세로 전환하자는 의견이 분분할 정도라 합니다."

제갈명의 설명에 희천세는 기함하는 표정을 지었다.

"어허, 무리할 생각은 하지 말라 전하게. 행여나 낭패를 볼까 두렵네."

수호령주의 활약으로 간신히 상황을 반전시킨 상황, 만에 하나 실수라도 생겨 서북무림 연합군에 심각한 문제가 생긴다면 그만한 재앙도 없었다. 사방에서 터지는 문제로 인해 더 이상 지원을 할 여력이 없기 때문이다.

"그만큼 기세가 올랐다는 것이겠지요. 하지만 화산파나 무당파의 인물들이 단순히 분위기에 휩쓸려 경거망동할 사람들이 아닙니다. 현 상황을 누구보다 냉정하게 보고 있을 터이니 걱정하지 마십시오."

화조온의 말에 희천세는 크게 안도하며 고개를 끄덕였다.

"허허허! 그렇군요. 늙으면 쓸데없는 걱정만 많아진다더니 제가 꼭 그 꼴입니다."

너털웃음을 터뜨린 희천세가 지그시 미소를 짓고 있는 제갈명에게 시선을 돌렸다.

"수호령주는 언제쯤이면 도착할 것 같은가? 이미 출발을 한 것으로 아는데."

"아무리 빨리 온다고 해도 최소한 사흘은 걸리리라 봅니다."

"사흘이라."

희천세의 입에서 절로 한숨이 흘러나왔다.

"그의 활약에 기쁘기 한이 없지만 무슨 낯으로 그를 봐야할지 모르겠군. 다른 곳도 아니고 무황성에서 벌어진 참상이니."

희천세의 중얼거림에 잠시 들떴던 회의실의 분위기가 착 가라앉았다.

회의실의 분위기는 루외루의 사자로서 무황성에서 머물고 있는 공손예가 회의실에 도착한 다음에야 비로소 바뀌었다.

"찾으셨다 들었습니다."

공손예가 제갈명이 권하는 자리에 앉으며 말했다.

"노선배께선……."

제갈명은 공손예와 늘 함께 움직였던 갈천상이 보이지

않자 문 쪽으로 고개를 빼며 말했다.

"굳이 함께할 이유가 없으시다는군요. 참석하셔야 한다면 모셔 오도록 하지요."

"아닙니다. 그저 몇 가지 확인하고 싶은 것이 있어 청한 것입니다."

"그랬군요. 확인하고 싶은 것이 무엇인지요?"

공손예는 무황성의 노회한 수뇌진들 앞에서도 조금도 주눅 들지 않고 당당한 자세를 유지했다. 철천지원수나 다름없는 무황성과 연합을 성사시킬 만큼 배짱이 좋았던 그녀였다. 사실상 동맹이 성사된 지금 그녀가 위축될 일은 전혀 없었다. 그런 공손예의 태도에 내심 많은 이들이 감탄을 했다.

"루외루의 병력이 어디까지 움직였는지 알 수 있을까요?"

제갈명이 조심히 물었다.

"청화산을 지난 것으로 알고 있습니다."

"청화산이라면……."

"오륙 일 정도면 전선에 도착할 수 있을 것입니다."

"다행이군요."

누구도 생각하지 못한 동맹을 제의할 때부터 어느 정도 예상되기는 했지만 생각보다 훨씬 빠른 움직임에 제갈명은 물론이고 무황성 수뇌진의 안색이 밝아졌다. 단우 노야에 대한 루외루의 복수심이 얼마나 대단한지 다시금 느낄 수 있었다.

"혹 강북무림 연합군의 상황이 좋지 않은 건가요?"

공손예가 긴장된 얼굴로 물었다.

루외루가 전력을 동원했다고는 하지만 빙마곡이 단우 노야의 수중에 들어간 지금 강북무림 연합군의 도움 없이 싸운다는 것은 사실상 불가능했다. 승부가 어찌 될지 예측하기가 힘들었고 설사 승리를 거두고 복수에 성공한다고 해도 그 피해가 얼마나 될지 상상조차 할 수 없었다.

공손예의 심중을 헤아린 것인지 제갈명이 미소를 띠며 고개를 흔들었다.

"그렇지는 않습니다. 빙마곡의 공격이 거세기는 해도 이미 전선을 이탈하여 많이 물러난 상태입니다. 산동을 비롯하여 곳곳에서 지원군이 도착을 하고 있어 생각보다 큰 피해 없이 잘 버티고 있습니다."

"다행이군요. 걱정이 많았는데요."

공손예가 가볍게 미소를 지으며 말을 이었다.

"그렇다면 역시 문제는 단우 노물의 움직임이겠군요. 그가 빙마곡에 합류하면 싸움의 양상은 확 바뀔 테니까요."

"예, 그래서 루외루의 움직임을 확인한 것입니다. 부끄럽지만 우리 쪽에선 그 노물을 막을 인물이 없습니다."

제갈명의 솔직한 말에 공손예의 입에서 나직한 침음이 흘러나왔다. 단우 노야의 신위를 떠올리며 과연 루외루가, 자신의 부친이 그를 막을 수 있을지 내심 걱정이 되었다.

"단우 노물의 행방은 파악이 되었나요?"

"아직입니다. 하지만 루외루의 병력이 청화산을 지났다면 늦지는 않을 것이란 생각입니다."

"확실한 것인가요?"

"확실하다고는 말할 수 없으나 그자의 마지막 행적이 발견된 곳과 루외루의 병력이 통과한 청화산과의 거리를 감안했을 때 가능성은 높다고 봅니다."

제갈명의 설명에 공손예는 별다른 이의 제기를 하지 않고 다른 문제를 거론했다.

"무황성의 병력은 어디까지 이동한 것이지요?"

"사공세가가 최대한 빨리 이동은 하고 있으나 아무래도 시간이 걸릴 것 같소이다."

희천세의 말에 공손예의 미간이 살짝 찌푸려졌다. 무황성이 지금 당장의 싸움이 아니라 싸움이 끝난 후를 염두하고 있다는 느낌을 받은 것이다.

"사공세가뿐인가요? 북쪽으로 향한 수호령주의 활약이 대단했다고 들었습니다. 낭인천의 움직임이 봉쇄되었다면 확실하게 승부를 보는 것이 좋지 않을까 생각합니다."

"추가적인 병력을 원하는 것이오?"

"예, 무황성의 일로 직접 경험해 보셨겠지만 단우 노물은 둘째 치고 그 휘하에 있는 자들의 실력 또한 무시무시해요. 본 루에서도 최선을 다하겠지만 어떤 변수가 생길지 모릅니다. 어쩌면 막을 수 없을지도 모릅니다."

"부끄러운 일이나 남은 여력이 얼마 없소이다. 사실상 사공세가의 병력이 무황성의 전력이라 보면 될 것이오."

희천세가 다소 무안한 표정으로 말했다.

"천마신교가 무황성과 손을 잡은 것으로 압니다만."

천마신교라는 말에 회의장의 분위기가 갑자기 차가워졌다. 어쩔 수 없는 상황으로 인해 같은 길을 가고는 있다고 해도 천마신교 역시 무황성과는 양립할 수 없는 세력이나 마찬가지였다. 그들의 도움을 받아야 하는 상황이 마음에 들 리가 없는 것이다.

"우리가 명을 내릴 입장이 아닙니다. 더구나 지난 싸움에서 교주마저 큰 부상을 당한 상태인지라……."

말끝을 흐리던 제갈명은 공손예의 눈빛이 매서워지는 것을 느끼곤 얼른 말을 바꿨다.

"일단 요청은 해보겠습니다만 그들이 어찌 대답을 할지는 모르겠습니다."

"……."

변명과도 같은 말에 공손예는 별다른 반응을 보이지 않았다. 냉기가 풀풀 풍기는 그녀의 태도에 회의실의 분위기는 그야말로 꽁꽁 얼어붙었다.

\*　　　\*　　　\*

"숙… 부."

진호가 눈물을 왈칵 쏟았다. 조부와 식솔들의 시신이 안치된 전각에서 슬픔을 삼키다 밖으로 나온 진유검이 진호의 등을 가만히 두드렸다.

"네가 고생이 많았다."

"저, 저는……."

진호가 더듬거리며 말을 꺼내자 그가 무슨 말을 하려는지 이미 알고 있던 진유검은 가만히 고개를 끄덕여 주었다.

"할아버님을 지켜 드리지 못했다고 괴로워하는 것이냐? 그럴 것 없다. 할아버님은 네가 이렇게 살아 있다는 것에 더 고마워하실 게다. 나 또한 그렇고."

진유검은 여전히 눈물을 흘리는 진호의 머리를 쓰다듬으며 시선을 돌렸다.

온몸에 붕대를 칭칭 감은 무염이 부축을 받으며 서 있었다. 무염의 뒤로 지난 참화에서 살아남은 의협진가의 식솔들이 모두 모여 있었다.

"몸은 괜찮은 거냐?"

진유검의 담담한 물음에 무염이 털썩 무릎을 꿇으며 외쳤다.

"죽여주십시오."

"쓸데없는 소리를."

"태상가주님을 끝까지 모시지 못했습니다. 백번 죽어도 용서받지 못할 죄입니다."

무염이 거칠게 이마를 땅에 찧자 땅바닥이 순식간에 피로 젖었다. 무염의 뒤에 있던 식솔들 또한 일제히 무릎을 꿇고 머리를 조아렸다.

"죽여주십시오."

스스로 목숨이라도 끊겠다는 듯 연거푸 머리를 찧는 무염을 보며 한숨을 내쉰 진유검이 혈을 짚어 그를 잠재웠다. 현재로선 어떤 말로도 그의 행동을 제지할 수 없다고 판단한 것이다.

무염이 식솔들에 의해 실려 가는 것을 보며 착잡한 표정으로 지켜보던 진유검은 죄책감 가득한 얼굴로 고개를 숙이고 있는 의협진가의 무인들을 향해 다짐받듯 말했다.

"본 가에 닥친 참사는 누구의 잘못도 아니다. 상대는 산외산을 한 손에 쥐고 흔들던 단우 노야. 불가항력이라는 말은 이럴 때 쓰는 것이겠지. 다른 곳도 아니고 무황성 내에서 그런 짓을 벌일 정도로 그의 실력은 대담하고 또 대단하다. 그런 자를 상대로 그대들이 목숨을 걸고 최선을 다했음은 하늘이 알고 땅이 알고 우리 모두가 안다. 하니 행여나 쓸데없는 생각은 하지 마라. 대장로님."

진유검이 슬픔 가득한 얼굴로 서 있는 허극노를 불렀다.

무염만큼은 아니어도 허극노 역시 지난 싸움에서 상당한 부상을 당했고 평생을 함께한 친우를 먼저 보낸 충격에 얼굴은 반쪽이 되어 있었다.

"예, 공자."

"저를 기다리느라 장례가 미뤄진 것으로 압니다."

"예, 공자께서 오셨으니 서둘러야 할 듯싶습니다."

"준비해 주십시오. 저는 신의당에 잠시 다녀오겠습니다."

허극노는 의협진가를 위해 단우 노야와 혈투를 벌인 독고무를 생각하며 고개를 끄덕였다.

"알겠습니다."

허극노의 대답을 들은 진유검은 곧바로 신의당을 향했다.

신의당으로 향하는 진유검의 발걸음은 무거웠다. 독고무

가 부상을 당한 지 벌써 며칠이 지났지만 제대로 거동조차 하지 못한다는 얘기를 들은 것이다.

진유검의 표정이 너무도 무거웠기 때문인지 조용히 따라 붙은 전풍 역시 굳은 얼굴로 발걸음을 놀렸다.

독고무가 치료를 받는 병사는 신의당에서 가장 구석진 곳에 위치했다. 아무래도 천마신교의 교주라는 지위로 다른 곳도 아닌 무황성에서 치료를 받는다는 것이 서로에게 부담이 되었을 터였다.

병사 주변엔 천마신교의 무인들이 살기 어린 눈빛으로 경계를 서고 있었다.

병사를 향해 거침없이 접근하는 진유검을 향해 살벌한 기세를 내뿜던 그들은 진유검을 알아본 수라노괴의 호통에 깜짝 놀라 물러섰다.

"어서 오십시오, 공자님."

수라노괴가 정중히 허리를 숙였다.

"오랜만입니다."

가볍게 고개를 숙이는 것으로 인사를 한 진유검이 진한 약향으로 가득 찬 병사의 문을 열었다.

창문을 통해 내리쬐는 햇빛으로 환하게 밝혀진 병사의 중앙에 머리에서 발끝까지 붕대를 감고 있는 독고무가 죽은 듯 누워 있었다. 그의 전신은 치료를 위한 것으로 보이는 금침으로 가득했다.

독고무의 부상 소식을 듣고 그를 치료하기 위해 급히 무황성으로 달려온 마도제일뇌 사도은은 몇 번의 손놀림으로 온몸에 빼곡히 박혀 있던 금침을 모조리 거두는 신기를 보여주곤 조용히 뒤로 물러났다.

"어떻습니까?"

진유검의 물음에 이미 그의 존재를 눈치채고 있던 사도은이 공손히 대꾸했다.

"괜찮습니다. 이미 위험한 고비는 넘겼습니다. 앞으로 정양만 잘하시면 건강한 모습을 되찾으실 겁니다."

"다행이군요. 부상이 심하다는 말에 무척이나 놀랐습니다."

"심했지요. 솔직히 교주님의 부상 소식을 듣고 무황성에 달려왔을 때만 해도 소생하실 수 있을지 장담할 수가 없었습니다. 그만큼 위험한 상황이었는데 다행히 신의당의 의원들의 실력이 워낙 뛰어난 데다가 무황성에서도 각종 영약들을 아낌없이 지원해 준 덕에 고비를 잘 넘길 수 있었습니다."

"무황성에서요? 고마운 일이군요."

진유검은 무황성의 배려에 진심으로 고마워했지만 사실 무황성의 입장에선 당연한 것이었다.

무황성에서 벌어진 참사로 인해 의협진가의 태상가주를 비롯하여 수많은 식솔이 목숨을 잃었다. 거기에 의협진가를 위해 목숨을 걸고 싸운 독고무까지 목숨을 잃는다면 진유검에게 면목이 없는 것은 물론이거니와 무황성으로선 천마신교라는 우군을 잃을 수도 있는 상황이었다.

　"잠든 거요?"

　전풍이 침을 뽑았음에도 여전히 미동이 없는 독고무를 응시하며 물었다.

　"그래, 곧 깨어나실 거다."

　사도은의 말대로 독고무는 반각이 되지 않아 눈을 떴다. 길게 숨을 내뱉으며 눈을 뜬 그가 가장 먼저 본 것은 얼굴 가득 걱정과 고마움이 담긴 진유검과 그 옆으로 슬그머니 들이댄 전풍의 얼굴이었다.

　"왔냐?"

　독고무가 엷은 미소를 지으며 말했다.

　"그래, 왔다."

　"언제? 왔으면 깨우지 않고."

　"금방 왔어."

　"나도 왔소."

　전풍이 얼굴을 들이밀었다.

　"알아."

"쯧쯧, 꼴이 이게 뭐요?"

전풍이 한심하다는 듯 혀를 찼다.

"네가 보기에도 좀 그러냐?"

"그걸 말이라고 하오?"

전풍이 오만상을 찌푸리자 피식 웃은 독고무가 손짓으로 사도은을 부르더니 그의 도움을 받아 병상에 몸을 기댔다.

"앉아도 되는 것입니까?"

진유검의 걱정스러운 물음에 독고무가 너털웃음을 터뜨렸다.

"이 정도론 안 죽으니까 걱정하지 마라."

안쓰러운 눈으로 독고무를 바라보던 진유검이 천천히 손을 뻗더니 붕대가 칭칭 감긴 어깨 위에 걸쳤다.

"일전에 루외루의 공격을 받을 때도 그렇고 번번이 신세를 진다. 덕분에 많은 목숨이 살았다."

"신세는 무슨. 할아버님을 구하지 못해 얼굴을 들지 못하겠는데. 정말 죽을힘을 다했지만 그 늙은이가 너무 강했어. 어느 정도 자신감도 있었지만……."

독고무는 끔찍할 정도로 강했던 단우 노야의 무공을 떠올리며 이를 부득 갈았다.

"모두 내 잘못이다. 그때 확실히 끝을 보아야 했어."

진유검은 단우 노야의 목숨을 거둘 수 있었음에도 단우

린의 부탁을 거절하지 못하고 아량을 베푼 것을 뼈저리게 후회했다.

"그렇게 자책할 필요는 없다. 솔직히 그 상황이면 누구라도 그런 결정을 내릴 거다. 사실 아무리 적이라도 그만한 실력을 지녔다면 충분히 존중받을 만하고. 또 단전이 파괴되고 폐인이 된 노물이 이렇듯 부활할 줄 누가 생각이나 했겠냐?"

위로의 말에도 진유검의 표정이 풀어지지 않자 독고무의 입가에 의미심장한 미소가 떠올랐다.

"게다가 다른 사람도 아니고 단우 소저의 부탁이었는데 네가 어떻게 거절해? 절대로 불가능하지."

"무슨 뜻이냐?"

진유검이 인상을 찌푸리며 되묻자 전풍이 옆구리를 쿡 찔렀다.

"알면서 뭘 묻습니까?"

"흐흐흐! 전풍의 말이 맞다."

당시 진유검은 전풍이 동네방네 퍼뜨린 소문, 그와 단우린이 사랑에 빠졌다는 말을 강력하게 부인했지만 대다수의 사람들은 그의 변명이 아니라 전풍의 주장에 지지를 보냈다. 그리고 그중 한 사람이 바로 독고무였다.

"친구로서 충고하건대 행여나 이번 일에 그녀를 끌어들

이진 마라. 그녀는 그녀의 입장에서 최선을 다한 것뿐이잖아. 그 결과로 목숨을 잃을 뻔하기도 했고. 우리가 봤잖아. 그녀가 얼마나 큰 충격을 받았었는지."

"알아, 그건."

말은 그리하면서도 자책감으로 굳은 진유검의 표정은 좀처럼 풀리지 않았다.

독고무마저 쓴웃음을 지으며 침묵하자 그렇잖아도 무거웠던 분위기가 더욱 무겁게 가라앉았다. 전풍이 분위기를 바꿔보려고 몇 번이나 시도를 했지만 쉽지가 않았다.

그때였다. 병사의 문이 갑자기 확 열리며 지금의 분위기와는 전혀 어울리지 않는 음성이 들려왔다.

"독고 오라버니, 치료 끝났어?"

문을 박차며 들어선 공손민은 낯선 존재를 확인하곤 잠시 움찔하는가 싶더니 이내 대수롭지 않은 표정을 지으며 독고무 곁으로 다가왔다.

"이제 외상은 다 낫지 않았나? 언제까지 붕대를 감고 있어야 하는 거야?"

당황한 독고무는 얼굴이 붉어진 채 아무런 대꾸도 하지 못했다.

"그런데 누구?"

공손민이 진유검과 전풍을 힐끗거리며 독고무의 옆구리

를 찔렀다.

"흐음."

진유검이 묘한 표정을 지으며 한 걸음 물러났다.

애써 자신의 시선을 외면하는 독고무와 호기심 어린 눈빛을 반짝거리고 있는 공손민을 번갈아 바라보는 전풍의 입꼬리가 한껏 치켜 올라갔다.

"오라… 버니라는 거요?"

"……."

독고무의 안색이 하얗게 변해 버렸다.


*　　　*　　　*


꽝!

문을 박차고 들어선 환종에게 모두의 시선이 쏠렸다. 제아무리 비상의 단주라 하여도 루주가 머무는, 거기에 수뇌들이 모두 모인 자리에 저렇듯 소란스럽게 등장하는 것은 분명 문제 삼을 만한 일이었다. 그보다 낮은 서열, 연배의 인물은 없었기에 저마다 불쾌한 기색이 역력했다.

"무슨 일이냐?"

조금 전, 그가 수하의 전갈을 받고 조용히 방을 빠져나갔음을 상기한 공손후가 이곳저곳에서 터져 나오려는 불만을 잠재우며 물었다. 창백하게 변해 버린 환종의 표정에서 뭔가 심상치 않은 일이 벌어졌음을 직감적으로 느낄 수 있었다.

"지난밤, 강북⋯ 무림 연합군이 전멸당했습니다."

보고를 하는 환종의 음성이 무겁게 떨렸다.

공손후는 물론이고 회의실에 모인 모두의 눈이 휘둥그레졌다.

강북무림 연합군이 전멸당했다는 것은 그들과 연수하여 빙마곡, 나아가 단우 노야 세력을 쓸어버리려던 계획이 물거품이 되었다는 걸 의미했다.

강북무림 연합군은 루외루의 정예들이 북상을 하고 있다는 소식을 접한 무황성의 퇴각 명령에 불복하고 빙마곡과 치열한 혈전을 이어갔다.

하지만 그들은 무황성을 돕기 위해 떠났던 신도세가와 이화검문의 병력은 물론이고 북상하던 루외루의 정예들마저 단우 노야에게 몰살당하는 등 전혀 예측할 수 없는 상황이 벌어진 데다가 이후 루외루와의 동맹이 결정되자 자신들만으로는 단우 노야와 빙마곡을 막지 못한다고 판단하곤 루외루의 병력이 북상할 때까지 전력을 온전히 보전하기 위해 전선에서 조금씩 후퇴하며 최대한 시간을 벌기 위해 애쓰는 중이었다.

한데 그런 강북무림 연합군이 갑자기 전멸했다는 소식이 날아든 것이니 루외루 입장에선 날벼락이 떨어진 것이나 다름없었다.

"이해할 수가 없군. 분명 퇴각을 했다고 했다. 아니냐?"

"맞습니다. 빙마곡의 추격으로 인해 여전히 치열한 전투를 벌이고는 있으나 전선은 산동 쪽으로 한참 물러난 상태입니다."

"한데 어찌해서 그 상황이 된 것이냐? 혹여 퇴각하는 척만 하고 정면으로 치받은 것은 아니냐?"

공손규가 답답함을 이기지 못하고 물었다.

"아닙니다. 그들 역시 사태의 심각성을 깨닫고 무황성에서 떨어진 명에 제대로 응했습니다. 다만……."

"뭐냐? 답답하다! 빨리 설명을 해라!"

공손창이 버럭 소리를 질렀다.

"예상치 못한 변수가 등장했습니다."

"변수? 설마 무황성을 공격했던 단우 노물이 벌써 도착했다는 말이냐? 무황성 쪽에서 우리보다 늦는다고 전하지 않았더냐?"

공손창의 질문에 그렇잖아도 심각했던 모두의 표정이 딱딱하게 굳었다. 단우 노야의 존재는 그들 모두에게 확실히 부담이었다.

"아닙니다. 단우 노물이 아니라 산외산주와 그의 수하들이 강북무림 연합군을 공격했다고 합니다."

"이건 또 뭔 소리냐? 빙마곡이야 단우 노물의 수족임이 밝혀졌으니 그렇다 쳐도 산외산주라니? 둘 사이가 제대로 틀어졌다고 보고한 사람이 환종 네놈이다."

공손창이 노기 띤 얼굴로 소리쳤다. 엄하게 추궁을 당하는 환종의 이마에 식은땀이 흘러내렸다.

"틀림없습니다. 산외산주와 단우 노야의 관계는 분명 틀어졌습니다. 그동안의 행보가 이를 확실히 증명하고 있습니다. 한데……."

대답을 하면서도 환종은 역시 스스로 이해할 수가 없는지 자신도 모르게 고개를 흔들고 말았다.

"결과적으로 다시 하나가 되었다는 말이군. 상관없다. 사이가 틀어졌든 그렇지 않든 어차피 뿌리는 하나였으니까."

어느새 냉정함을 되찾은 공손후의 눈빛이 차갑게 빛났다.

"하나 우리의 힘만으론 놈들을 감당하기가 쉽지 않아. 예전이라면 모를까 지금은……."

공손규는 참담한 듯 입술을 깨물었다. 루외루의 힘이 과거에 비할 바가 아니라는 것을 다시금 뼈저리게 느꼈다.

"그렇습니다. 지금 상황에서 우리의 힘만으론 절대 부딪쳐선 안 됩니다."

유운곤이 굳은 얼굴로 음성을 높였다.

"산외산은 지금껏 큰 움직임이 없었습니다. 아무리 내분이 있었다고는 해도 우리가 무황성과 싸우면서 잃은 전력과 비교해 보면 온전히 전력을 보전하고 있다고 해도 과언은 아니겠지요. 거기에 세외사패 중 가장 강력한 힘을 지닌 빙마곡에 단우 노물까지 상대한다는 것은 섶을 지고 불 속으로 뛰어드는 것이나 다름없습니다."

유운곤의 말이 끝나기가 무섭게 공손창이 동조를 했다.

"유 장로의 말이 전적으로 옳네. 냉정하게 판단해야 하네. 저들과의 싸움은 단순한 승패를 떠나 그야말로 생존이 걸린 문제일세."

공손후는 별다른 대꾸 없이 한참이나 침묵을 지켰다.

루외루의 수뇌들은 복수심에 사로잡힌 공손후가 행여나 무모한 결정을 내릴까 초조하고 걱정스러운 표정으로 그의 입이 열리기만을 기다렸다.

손가락을 까딱거리며 생각에 잠겼던 공손후가 천천히 입을 열었다.

"환종."

"예, 루주님."

"무황성에서 지원군이 오고 있다고 했던가?"

"예, 정확히 말씀드리자면 사공세가입니다. 이동 속도를 감안했을 때 이틀 정도면 이곳에 도착할 수 있습니다."

"사공세가라……."

공손후가 지그시 눈을 감고 다시금 생각에 잠기자 공손창이 환종을 향해 불만 섞인 음성으로 물었다.

"천마신교는? 예아의 말로는 무황성 쪽에서 도움을 요청했다고 했다. 한데도 움직이지 않은 것이냐?"

"예, 아직까지 별다른 움직임은 없는 것 같습니다."

"흥! 가소로운 놈들. 어부지리를 노리겠다는 것이군."

"우리와의 악연도 작용을 했을 것입니다."

환종의 말에 공손규가 크게 탄식했다.

"충분히 이해할 만한 행동이지. 야수궁과의 싸움에서 당한 피해도 만만치 않을 것이고. 교주라는 자가 단우 노물에게 크게 부상을 당했다고 했으니 움직이기가 더욱 어려울 것이야."

모든 상황이 악화되고 있다는 생각 때문인지 공손규의 눈꼬리가 안쓰러울 정도로 떨리고 있었다. 그때, 두 눈을 지그시 감고 생각에 잠겼던 공손후가 눈을 뜨며 물었다.

"수호령주는? 그는 움직이지 않는 것이냐?"

"참으로 면목이 없군. 그렇잖아도 정신도 없을 것이고 그 간의 강행군으로 제대로 쉬지도 못했을 터인데 이리 바삐 오라 해서 정말 미안하네."

진유검이 무황성에 도착하고 미뤄두었던 진산우의 장례 가 끝난 지 이제 겨우 하루밖에 지나지 않았다. 어쩔 수 없 는 상황이라 진유검을 불렀지만 서둘러 자리를 권하는 제 갈명의 얼굴엔 미안한 기색이 역력했다.

"아닙니다. 많은 분들이 도와주신 덕에 무사히 조부님과 식솔들을 잘 모실 수 있었습니다. 다시 한 번 감사드립니 다."

진유검은 회의실에 모인 이들에게 정중히 포권하며 예를 차렸다.

인사는 길지 않았다. 제갈명이 자신을 급히 부른 이유가 있을 것이라 여긴 진유검이 신중히 물었다.

"한데 무슨 일입니까? 무슨 문제라도 생긴 것입니까?"

"강북무림 연합군이 몰살을 당했네."

당혹감과 허탈감이 뒤섞인 제갈명의 음성에 진유검의 눈 동자가 급격히 흔들렸다.

"이해가 되질 않습니다. 조금 전까지만 해도 빙마곡의 공세에 잘 대응하고 있다는 말을 들었습니다. 한데 어찌……."

"우리도 그런 줄 알고 있었지. 한데 생각지도 못한 일이 벌어지고 말았네."

"무슨 일입니까? 혹시 단우 노야가……."

진유검은 그런 변수를 일으킬 사람이라면 단우 노야뿐이라 여겼다.

"단우 노야는 아니네. 아니, 관계가 없다고 할 수는 없겠군. 산외산이 움직였네. 산외산주와 그의 수하들이 직접 공격에 나섰네."

"산외산주가요? 있을 수 없는 일입니다. 단우 노야와 산외산주는 돌아올 수 없는 강을 건넜습니다."

단우 노야가 혈육인 단우린에게 무슨 짓을 하려 했는지 직접 보았던 그였다. 진유검은 도저히 믿어지지 않는다는 표정으로 고개를 흔들었다.

"그러니 답답한 노릇이지. 우리도 산외산주가 어째서 강북무림 연합군을 공격했는지 전혀 파악을 하지 못하고 있다네. 단우 노야와 직접 연계가 있는 것인지 아니면 단독으로 그런 짓을 벌인 것인지 도저히 감이 잡히질 않아. 문제는 그로 인해 루외루와 연합하여 빙마곡과 단우 노야를 공격하려는 계획이 사실상 불가능해졌다는 것이네."

제갈명의 시선이 심각한 표정으로 앉아 있는 공손예와
갈천상에게 향했다.

"우리가 단독으로 빙마곡을 공격할 수는 있어요. 어느 정
도 피해를 감수할 수는 있겠지만 전력을 동원한 이상 상대
하지 못할 정도는 아니지요. 하나, 단우 노물이 건재하다면
상황은 전혀 달라요. 더구나 산외산이 이에 동조한다면 감
당할 수가 없어요. 아니, 산외산이 등장하는 순간 우리와
강북무림 연합군이 함께한다고 해도 애당초 싸움이 되지
않는다고 봐야겠지요."

"루외루의 상황은 어떻습니까?"

진유검이 한숨을 내쉬며 물었다.

사실, 루외루와 진유검은 누구보다 악연으로 얽혀 있는
사이였다. 루외루는 의협진가의 본가를 공격한 적이 있었
고 그 대가로 진유검에 엄청난 보복을 당했다. 완벽하게 장
악했던 천마신교를 빼앗기는 것은 물론이거니와 행보마다
진유검과 부딪치며 막대한 피해를 입고 말았다. 하지만 악
연은 루외루가 무황성과 연합을 하면서 또 단우 노야라는
공동의 적을 갖게 되면서 어느 정도는 해소가 된 상태였다.

"일단 모든 움직임을 멈추고 대기 중입니다. 현 상황에서
함부로 움직였다간 어떤 일이 벌어질지 모르니까요. 산외
산은 둘째 치고 단우 노물의 움직임도 제대로 파악된 상황

이 아니라 더욱 신중해질 수밖에 없어요."

"우선은 병력을 물리는 것이 좋지 않겠습니까?"

"저도 그렇게 생각은 하지만 일단은 무황성의 병력과 합류를 하기로 결정한 듯해요."

"사공세가의 병력을 말씀하시는 겁니까?"

공손예를 대신해 희천세가 고개를 끄덕였다.

"맞네. 지금쯤이면 합류를 했겠군."

"그렇다고 해도 가능하겠습니까? 사공세가의 전력을 모르는 것은 아니나 산외산이 직접 움직였다면 버거울 겁니다."

산외산의 고수들이 어떤 실력을 지녔는지 누구보다 잘 알고 있는 진유검은 사공세가가 루외루와 함께한다고 해도 그들을 감당하기가 쉽지 않으리라 생각했다.

"이쪽에서도 병력을 추가로 보내야겠지. 어쨌든 빙마곡을 이대로 두고 볼 수는 없으니."

희천세가 은근한 눈빛으로 진유검을 응시하며 말했다.

그 눈빛을 보고 희천세가, 아니, 무황성이 자신에게 원하는 것이 무엇인지를 간파한 진유검이 쓴웃음을 지었다.

강북무림 연합군이 몰살을 당했다는 것을 전해 들은 순간부터 이미 직감은 하고 있었으나 그다지 마음이 편하진 않았다.

"지원할 전력은 있는 것입니까?"

"어떻게든 짜내야 되겠지."

제갈명의 시선이 신도세가의 가주 신도장에게 향했다.

일전에 천무진천을 잃고 곧바로 병력을 움직이려 했던 신도세가는 루외루와 무황성의 연합으로 인해 병력의 이동을 잠시 보류했던 터였다.

"본 가의 병력이 이미 준비 중이오."

신도장이 카랑카랑한 음성으로 대답했다.

"우리도 어느 정도는 지원할 수 있을 것 같습니다."

이화검문의 문주 문회가 지원할 의사를 표시했다.

"대신 수호령주께서 본 가의 병력을 이끌어줄 것을 요청하는 바입니다."

문회의 말에 다들 뜻밖이라는 표정을 지었다. 루외루 못지않게 진유검과 악연으로 엮여 있는 곳이 바로 이화검문이기 때문이었다.

하지만 문회는 생각이 달랐다. 과거야 어찌 되었든 현재 무림의 최강자는 진유검. 어설픈 감정으로 대척을 하느니 차라리 그의 그늘 아래에 들어간다면 피해를 최소화할 수 있을 것이란 계산이었다.

"염치없는 부탁이지만 부탁하네. 지금 저들을 상대할 수 있는 사람은 자네뿐이네."

희천세를 시작으로 회의실에 모인 모두가 진유검을 향해 정중히 고개를 숙였다.

좌중의 분위기가 부담스러웠던 진유검은 가볍게 손을 움직여 그들의 상체를 바로 세웠다. 간단한 동작이었으나 모두를 놀라게 하기엔 충분했다.

"그만 예를 거두시지요. 어차피 제가 상대해야 할 자들입니다."

"하면 언제 움직일 것이오?"

신도장이 급히 물었다. 잠시 생각에 잠겼던 진유검이 대답했다.

"내일 아침에 움직이는 것으로 하지요."

신도장은 급박한 상황에서 하루를 더 보내는 것이 마뜩지는 않았지만 진유검이 어떤 강행군을 해왔는지와 또 그가 조부와 식솔들의 장례를 치른 지 채 하루도 되지 않았다는 것을 상기하며 수긍을 했다.

"그렇게 알고 준비를 하겠소이다."

신도장과 문회가 눈빛을 교환하며 대답했다.

"우리도 합류하겠습니다."

공손예의 말에 제갈명이 당황한 낯빛을 띠었다.

"하지만 그리되면 이곳은 누가……."

"현 상황에서 연합이 아니면 독자적인 생존의 길은 없어요. 결정이 난 마당에 이곳에서 쓸데없이 머무는 것은 힘의 낭비라 생각합니다. 아시는지 모르겠지만 루외루에서도 손에 꼽히는 고수가 낭비되고 있어요."

공손예의 말에 모두의 시선이 갈천상에게 향했다. 그리고 지금 자리에는 없지만 어쩌면 갈천상보다 강하다 여겨지는 여리여리한 한 소녀를 떠올렸다.

그녀의 말이 옳았다. 개개인이 막강한 고수로 이뤄진 산외산을 상대하기 위해선 다수의 병력보다는 그들을 능가할 만한 실력을 지닌 고수가 절대적으로 필요한 시점이었다.

"그렇게 하지요. 기쁜 마음으로 기다리겠습니다."

진유검의 말에 더 이상 토를 다는 사람은 없었다.


이른 아침, 신도세가와 이화검문의 병력을 이끌고 무황성을 나선 진유검은 얼마 지나지 않아 또 다른 병력을 만나게 되었다. 무황성 외곽에서 대기하고 있던 천마신교의 제자들이었다.

"어떻게 된 겁니까?"

진유검이 천마대와 혈마대를 이끌고 나타난 악휘를 보며 물었다.

"그렇게 되었습니다. 저들과 함께하는 것이 솔직히 마음에 들지는 않지만 어쩔 수 없는 일이지요."

루외루에 누구보다 강한 원한을 가진 악휘는 공손예와 갈천상을 잠시 노려보다 한숨을 내쉬었다.

애당초 욕할 의미가 없었다.

무황성이 거듭해서 지원군을 요청했지만 설사 거절을 한다고 해도 누구 하나 뭐라 할 사람이 없었다. 지금껏 천마신교가 힘든 상황에서도 얼마나 눈부신 활약을 해왔는지는 천하가 인정하는 것이었다.

하지만 독고무는 진유검이 직접 병력을 이끌고 출정한다는 말에 몇 차례의 격전으로 이제 그 수가 얼마 남지도 않은 천마대와 혈마대를 지원하기로 결정했다.

독고무는 무림에 천마신교의 이름을 드높이고 또 진유검을 돕는다는 명분을 내세웠지만 그것이 다가 아니라는 것은 천마신교의 제자들이라면 누구나 알고 있었다.

악휘의 시선이 공손예의 곁에서 생글생글 웃고 있는 공손민을 향했다.

절로 한숨이 흘러나왔다.

악휘의 쓴웃음을 본 진유검이 실소를 터뜨렸다. 비로소 상황을 정확히 이해한 것이다.

"하하하! 녀석이 재밌는 결정을 내렸군요."

"재미라니요? 직접 병력을 이끄신다는 것을 말리느라 꽤나 고생을 했습니다."

악휘가 정색을 하며 고개를 저었다.

"그 몸으로요?"

진유검이 놀라 되물었다.

"예, 태상원로께서 필사적으로 말리지 않으셨다면 공자님 앞에는 제가 아니라 교주께서 서 계셨을 겁니다."

"미친놈."

진유검의 입에서 욕설이 튀어나왔다.

악휘를 비롯한 천마신교의 무인들의 몸이 순간적으로 움찔했지만 그뿐이었다. 천마신교의 신도에겐 신과 같은 교주였지만 그럼에도 불구하고 아무 거리낌 없이 욕할 수 있는 유일한 사람이 바로 진유검임을 인정한 것이다.

"어쨌거나 천군만마를 얻은 기분입니다. 솔직히 상황이 좋지 않아서요."

"우리도 알고 있습니다. 만약 그렇지 않았다면 교주께서 아무리 고집을 피우셨다고 해도 이 아이들을 데리고 오지는 않았을 것입니다. 사실 본 교의 상황도 좋지는 못합니다."

악휘의 말에 진유검은 무겁게 고개를 끄덕였다. 그 역시 천마신교와 행보를 함께했기에 그들이 천마신교를 되찾는 과정에서, 그리고 이후 야수궁과의 싸움에서 얼마나 큰 피해를 당했는지 누구보다 잘 알고 있었다.

"무황성을 대표해서 천마신교의 은혜는 결코 잊지 않을 것입니다."

진유검이 악휘와 천마신교의 무인들을 향해 정중히 예를 차렸다.

"고, 공자님!"

당황한 악휘가 황급히 예를 표하고 천마대와 혈마대의 무인들 역시 황망한 표정으로 고개를 숙였다. 그들에게 있어 진유검의 위치는 교주 독고무와 다르지 않았다.

86장

변수(變數)의 등장

꽝! 꽝! 꽝!

연이은 충돌음과 함께 힘없이 물러나는 사내.

"괜찮냐?"

사마단이 비틀거리는 사제의 팔을 잡으며 물었다.

그 역시 누구를 염려할 상황은 아니었다. 오히려 왼쪽 어깨에서부터 오른쪽 옆구리까지 이어진 치명적인 자상은 그의 사제보다 몇 배는 더 중해 보였다.

"아직까지는 버틸 만합니다. 어느 정도는 해볼 만하다고 생각했는데 옛날보다 더 강해졌는데요."

도현은 자신을 향해 다가오는 단우종을 보며 허탈한 표정을 지었다.

"옛날부터 원래 강했어. 그때보다 강해진 것도 사실이기는 하지만."

사마단은 상처에서 흘러나오는 피를 손바닥으로 문지르며 피식 웃다가 이내 한숨을 내쉬었다.

"그나저나 뭔 상황이 이러냐? 도대체 뭐가 뭔지 하나도 모르겠다."

뒤늦게 빙마곡과 강북무림 연합군이 싸우고 있는 장소로 움직이던 중 단우종에게 쫓기던 도현을 돕다가 큰 부상을 당한 사마단은 모든 것이 답답하고 짜증이 났다.

"뭐가 뭔지 모르기는 저도 마찬가지입니다. 지금의 상황 자체가 말이 되지 않아요."

"그건 또 뭔 소리야?"

"대사형의 실력이 노야에 비해 약한 것은 사실입니다. 하지만 대사형은 우리가 알고 있는 것보단 훨씬 강합니다. 노야가 아무리 대단하다고 하더라도 그렇게 맥없이 무너질 정도는 아니란 말이지요. 다른 사형들도 마찬가지고."

"그 정도였냐?"

사마단이 놀라 되물었다.

"예, 제대로 싸워보지도 못하고 모조리 무릎을 꿇었습니다. 마치 뭐에 홀린 사람처럼."

"홀렸다니? 하면 영감이 무슨 술수라도 부렸다는 거야?"

"술수인지는 모르겠지만 아무래도 우리가 모르는 어떤 금제가 있는 듯싶었습니다. 아니, 틀림없습니다. 그것이 아니라면 지금의 상황이 납득이 되지 않습니다. 사형께선 대사형이 제대로 검조차 휘둘러 보지 못하고 무릎을 꿇었다는 것을 믿을 수 있습니까? 게다가 노야의 칼이 되어 강북무림 연합군을 공격하기까지 하는 지금의 상황을."

"절대로 있을 수 없는 일이지, 절대로."

단우연과 하공 등이 단우 노야를 얼마나 증오하고 있는지 잘 알고 있던 사마단은 단호히 고개를 저었다.

"맞는 거냐, 단우종? 노야가 사형들께 어떤 수작을 부린거냐? 혹 약을 쓴 거냐?"

사마단이 단우종을 노려보며 물었다.

"쓸데없는 소리 하지 말고 이제 항복하시오. 사형의 목숨을 취하고 싶지는 않소. 사제도 마찬가지. 하지만 끝까지 저항하면 나도 어쩔 수 없소."

"눈물 나게 고맙구려. 항복할 생각이 있다면 애당초 이런 부상을 당할 필요도 없었을 거요. 게다가 이미 피는 묻힐 만큼 묻히지 않았소?"

도현이 이글거리는 눈빛으로 단우종을 노려보았다.

대사형이 단우 노야에게 너무도 힘없이 무너지는 순간, 하공으로부터 무조건 도망치라는 절망적인 전음을 듣고 탈출을 감행한 사형제들 중 뒤늦게 합류한 사마단을 제외하곤 단우종과 그 일파의 추격에서 살아남은 사람은 아마도 자신뿐이리라.

입가에 묻은 피를 쓱 닦아낸 도현이 검을 곧추세우며 다시금 전의를 불태우자 복잡한 눈빛으로 그를 바라보던 단우종의 눈동자가 이내 차갑게 빛나기 시작했다.

[내가 시간을 끌 테니 사형은 탈출을 하십시오.]

도현이 사마단에게 은밀히 전음을 보냈다.

[뭔 소리냐? 나 혼자 도망치란 거냐?]

사마단의 반발에 도현이 빠르게 전음을 이어갔다.

[대연산 북쪽 자락에 조그만 주점이 있습니다. 린아가 그곳에 있습니다. 저 인간에게 꼬리를 잡히기 직전에 미리 빼돌렸으니 아마도 무사히 도착해 있을 겁니다]

사마단의 눈동자가 거칠게 흔들렸다.

[그 아이도 이곳에 있단 말이야?]

[예, 대사형 곁에서 정신을 잃고 있었습니다. 뭔가 상황이 이상하다고 여긴 몇몇 사형들이 목숨 걸고 구해냈지요. 하니 반드시 지켜내야 합니다. 누구보다 총명한 아이니 지금의 상황을 정확히 파악하고 있을 겁니다.]

[상황이 그렇다면 네가 직접 데리고 도망쳐라. 이곳은 내가 막을 테니까.]

[사형.]

[명색이 사형이다. 세상천지에 부상당한 사제에게서 등을 돌리는 사형은 없는 법이야. 그리고 단우종 저놈 보통 강한 게 아니다. 지금 그 몸으론 삼합도 버티지 못해.]

[그건 사형도 마찬가지입니다.]

[최소한 일각은 버틸 수 있다.]

[그래도 사형이 해야 합니다. 일각, 아니, 그 이상의 시간이라도 지금의 제겐 별 의미가 없습니다.]

[고집 부리지…….]

[진폭(盡爆)을 사용할 겁니다. 쓰러뜨리진 못해도 최소한 반각 이상은 시간을 더 벌 수 있을 겁니다.]

진폭이란 말에 사마단의 표정이 급변했다.

[너, 그렇게 심한 거냐?]

굳이 대답을 들을 필요도 없었다.

동귀어진 수법을 언급한다는 것 자체가 지금 도현의 부상이 겉으로 보는 것보다 훨씬 심각하다는 것을 말해주는 것이었으니까.

[그럼 믿겠습니다.]

더 이상 버틸 힘이 없었던 도현이 단우종을 향해 몸을 돌렸다.

최후의 공격을 감행하기 위해 전력을 다해 내공을 일으키자 무리한 운공 때문인지 칠공에서 피가 흘렀다.

도현의 모습에 단우종의 얼굴이 살짝 굳어졌다. 그 역시 도현이 무엇을 하려는지 눈치챈 것이다.

언제 부상을 당했냐는 듯 무시무시한 기운을 뿜어내는 도현의 뒷모습을 안타깝게 바라보던 사마단이 착 가라앉은 눈빛으로 주변을 살폈다.

단우종만 저지한다고 모든 것이 끝나는 것은 아니었다. 단우종이 이끌고 온 자들이 펼친 포위망 또한 상당히 견고하고 위험했다. 그것을 뚫기 위해선 그 역시 목숨을 걸어야 했다.

꽝!

격렬한 폭발음, 사방을 휩쓰는 충격파가 도현과 단우종의 싸움이 시작되었음을 알려왔다. 동시에 사마단의 신형도 힘차게 도약을 했다.

\*      \*      \*

"루외루의 병력이 어디에 머물고 있다고 했지?"

사공추의 물음에 신천옹의 수장 사공현이 한 걸음 앞으

로 나섰다.

사십 중반의 나이, 사공세가의 식솔로는 드물게 무공을 지니지 않았지만 역대 신천옹의 수장 중 세 손가락 안에 꼽히는 자였다.

"운중산 동쪽 기슭에 있다고 했습니다."

"저 산이 운중산이더냐?"

사공추가 눈앞의 산을 가리키며 물었다.

그들의 앞을 가로막고 있는 산은 높다고는 할 수 없었지만 한눈에 보기에도 산세가 제법 가파르게 보였다.

"예."

"지금 산을 넘는다면 얼마나 걸릴 것 같으냐?"

"지금 속도로 움직이면 두 시진 안에 도착할 수 있습니다."

"생각보다 오래 걸리는군. 밤이 돼서야 도착하겠어."

"산이 험합니다."

잠시 고민을 하던 사공추가 사공현이 아니라 주변의 장로들에게 말했다.

"야영을 하는 것으로 하지."

"야… 영입니까?"

호위대장 초영이 조심히 물었다.

"꽤나 무리해서 달려오지 않았느냐? 꼴들이 말이 아니다."

사공추의 말에 모두가 스스로의 모습을 돌아보았다. 아닌 게 아니라 꼴들이 꽤나 추레했다. 무황성에서 출발한 이후, 제대로 쉬지도 못하고 달려온 영향이었다.

"가주님의 말씀이 맞는 것 같습니다. 상황이 급박하게 돌아가긴 해도 놈들에게 이런 모습을 보일 수는 없지요."

장로 사공파가 옷에 묻은 먼지를 털어내며 말했다.

"가주님의 말씀이 맞는 것 같습니다. 행색이야 상관없을지 모르나 그래도 이리 피로에 지친 모습은 좀 그렇겠지요."

대장로 사공유까지 동의를 하자 사공추의 명령하에 사공현과 초영은 곧바로 야영 준비를 시작했다.

사공현은 신천옹 요원 중 은신술과 경공이 뛰어난 자들 열을 뽑아 사방으로 뿌렸다. 아직 적의 위협을 걱정할 상황은 아니었으나 혹시 모를 일에 대비하기 위함이었다.

강행군에 지친 이들은 야영이라는 말에 눈을 반짝이며 번개처럼 움직였다.

순식간에 잠자리를 마련되고 불이 피어올랐다. 육포와 건량에 지친 몇몇은 윗전의 허락을 맡고 사냥에 나서기도 했다.

멧돼지와 노루 사냥에 성공한 이들이 의기양양한 모습으로 귀환하고 잡아 온 사냥감을 요리하느라 다들 분주할 때

서쪽의 지평선, 붉은 노을을 등지고 일단의 무리가 모습을 드러냈다.

그들의 존재를 가장 먼저 눈치챈 사람은 멧돼지의 머리와 내장, 밤송이처럼 삐죽한 털이 가득 덮인 가죽을 땅에 묻기 위해 야영지에서 이탈하던 자였다.

손에 들려 있던 멧돼지의 부산물이 땅에 떨어졌다.

사내는 즉시 휘파람을 불었다.

휘파람 소리에 들떠 있던 야영지의 분위기가 그대로 얼어붙었다.

휘파람 소리가 사라질 즈음 이미 전투 준비가 완벽하게 끝났다.

"주변을 살피던 아이들에게서 연락이 왔느냐?"

사공유의 물음에 사공현이 심각하게 굳은 표정으로 고개를 저었다.

"아무런 연락도 없었습니다, 숙부."

"루외루에서 우리를 마중 나왔을 가능성은?"

사공파가 물었다.

"루외루에서 마중을 나왔다면 운중산을 넘어왔을 겁니다. 하지만 저들은 아닙니다."

"경계를 하던 아이들에게서도 연락이 없고 루외루도 아니라면 결론은 하나겠군."

사공추가 조금씩 거리를 좁혀오는 자들을 보며 미간을 찌푸렸다.

루외루와 합류하기 위해 움직인 사공세가의 병력이 대략 칠십 명이다. 많다고 할 수는 없었지만 사공세가의 전부라 자부할 정도로 전력은 막강했다.

적으로 추정되는 이들의 숫자는 대략 이십 명에 불과했다.

누가 봐도 말이 되지 않는 싸움이었으나 그래서 더 기분이 나쁘고 불안했다.

"살다 보니 본 가가 이렇게 무시를 당하는 경우도 있군. 그 정도로 자신이 있다는 말인가?"

사공추의 말에 모두의 얼굴에 분노의 기운이 일었다.

"혹, 단우 노야, 그 노물이 오는 것은 아닙니까?"

사공파가 홍분을 감추지 못하고 물었다.

"아니, 그자의 기운은 느껴지지 않네."

"하면 빙마곡의……."

사공현이 사공파의 말을 잘랐다.

"빙마곡은 아닙니다. 빙마곡이 약하다는 것은 아니나 저 정도의 인원으로 본 가를 공격할 정도로 바보는 아닙니다. 아마도 단우 노야가 수족으로 부리고 있는 산외산의 고수들 같습니다."

사공현의 말에 사공추가 고개를 끄덕였다.

"같은 생각이다. 고작 스물 남짓한 인원으로 우리를 공격한다는 것은 놈들이 아니고선 상상할 수도 없는 일이니까. 아무래도 상관은 없다. 적이 누구든 덤비면 부수면 그만이다."

말은 그리해도 무시를 당했다고 여긴 것인지 사공추의 전신에선 무시무시한 살기가 뿜어져 나왔다.

사공추를 중심으로 사공세가의 무인들이 전의를 다지고 있을 때 빠르게 거리를 좁힌 이들이 정확한 모습을 드러냈다. 그들은 다름 아닌 빙마곡을 도와 강북무림을 초토화시킨 산외산주 단우연과 그를 따르는 사제들이었다.

"네놈들은 누구냐?"

사공파가 살기를 드러내며 물었다.

"단우연."

단우연이란 낯선 이름에 다들 고개를 갸웃거릴 때 그가 몇 마디 말을 더 내뱉었다.

"산외산에서 왔다."

"역시 그랬군."

이미 어느 정도는 짐작을 했기에 산외산이란 이름에 크게 놀라지 않았다.

"단우 노물은 어디에 있느냐?"

사공추의 물음에 단우연의 눈동자가 살짝 흔들렸다. 어딘지 모르게 복잡하고 혼란한 눈빛이었다. 하나 이내 정상적인 눈빛을 되찾고 사공추를 향해 검을 들었다.

"사부님은 오시지 않았다."

"오만하군. 하긴, 그럴 자격이 있기는 하지."

무황성을 유린한 산외산 고수들의 실력은 이미 충분히 경험한 터. 분노 속에서도 상대를 인정할 수밖에 없던 사공추의 입가에 쓴웃음이 지어졌다.

그는 몰랐다.

눈앞의 상대가 단순히 무황성을 침범했던 이들과는 차원이 다른, 강북무림을 초토화시키고 곧바로 기수를 돌려 무황성은 물론이고 루외루마저 예측하지 못할 정도로 빠르게 움직인 산외산의 진정한 고수들이라는 것을.

"그대들이 강하다는 것은 인정하지. 그러나 본 가 역시 강하다."

"물론. 사공세… 아니, 천외천을 무시할 생각은 없다. 다만 우물 안의 개구리는 세상을 알지 못하는 법."

"우물 안의 개구리?"

사공추의 검미가 하늘로 치솟았다.

"누가 우물 안의 개구리인지 이제 알게 되겠지."

사공추의 말이 끝나기는 것과 동시에 만반의 준비를 갖

춘 사공세가의 무인들이 조금은 이상할 정도로 여유를 부리는 산외산의 고수들을 에워쌌다.

포위 공격을 하려는 의도였으나 이는 큰 착각이었다. 수적으로 상당한 열세임은 분명하지만 산외산의 고수들은 애당초 포위를 당할 인물들이 아니었다. 그것은 단우연의 좌측, 포위망을 구축하려는 사공세가 무인들의 목숨을 단 한 번의 공격으로 끊어버린 하공이 증명했다.

단말마의 비명 소리에 사공추를 필두로 사공세가 무인들의 표정이 살짝 굳었다. 이번 싸움이 결코 쉽지 않으리란 것을 모두가 느낀 것이다.

\* \* \*

"조장, 여기 좀 보십시오."

묘영의 외침에 비상 이조장 포영종의 발걸음이 멈춰졌다.

"무슨 일인데?"

포영종의 신형은 이미 묘영이 있는 곳으로 이동해 있었다.

"시신입니다."

"음."

낮은 침음과 함께 포영종이 목에 난 혈선을 제외하곤 아무런 상처도 없는 시신을 차분히 살폈다.

"일격에 당했다. 표정이나 근육의 경직도를 보니 자기가 당하는 줄도 모르고 숨이 끊어졌어."

"이자, 신천옹의 요원입니다."

묘영이 시신의 소맷자락에 새겨진 새의 모양을 가리키며 말했다.

포영종의 표정이 급격하게 어두워졌다.

"빌어먹을! 신천옹의 요원이 왜 여기서 뒈져 있는 거야!"

포영종의 입에서 신경질적인 외침이 터져 나왔다.

그가 수하들을 이끌고 운중산을 넘은 이유는 지원군으로 오고 있는 사공세가의 병력을 무사히 루외루의 진영까지 안내하기 위함이었다. 이는 먼 길을 달려온 사공세가에 대한 루외루의 예의이자 장차 힘을 합쳐 싸워야 하는 전우로서 잘해보자는 인사를 건네는 것. 한데 운중산을 넘자마자 그들을 반긴 것은 사공세가의 눈과 귀라 할 수 있는 신천옹 요원의 주검이었다. 불길함이 전신을 엄습했다.

"피가 완전히 식지 않은 것을 보면 그리 오랜 시간이 흐른 것 같지는 않습니다."

심각한 눈빛으로 시신을 보던 포영종의 판단은 빨랐다.

"인원을 나눈다. 묘영과 왕언은 즉시 돌아가 단주님께 이 사실을 알려라. 온 길은 하나였지만 가는 길은 둘이다."

"알겠습니다."

동시에 대답한 묘영과 왕언이 즉시 몸을 돌렸다.

그들은 포영종의 명대로 함께 움직이지 않았다. 행여나 같이 움직이다 적의 공격을 받고 쓰러지면 중요한 정보를 차단당할 수 있기 때문이었다.

"우리는 흔적을 따라 앞으로 이동한다."

포영종이 시신 뒤쪽으로 희미하게 나 있는 발자국을 가리키며 나머지 인원에게 손짓했다.

혹시 모를 공격에 대비해 최대한 신중히 그러면서도 빠르게 이동한 포영종과 조원들은 얼마 지나지 않아 사공세가 무인들과 산외산의 고수들이 치열한 혈전을 벌이는 곳에 도착했다.

사실 치열한 혈전이라 하기엔 어폐가 있었다. 사실상 승패는 이미 어느 정도 결정된 상황이었다.

무황성의 주축이자 천외천의 후예들답게 사공세가 무인들은 강했다. 개개인이 뛰어난 무공을 지니고 있었고 이들을 이끄는 사공세가의 원로들 역시 여느 문파의 원로들과는 차원이 다를 정도로 막강한 실력을 보여주었다.

문제는 그들이 상대하는 적들의 실력이 모두의 예측을 뛰어넘을 정도로 대단하다는 것이었다.

싸움이 벌어지고 이십여 초 만에 대장로 사공유를 격살한 하공을 필두로 산외산의 핵심이라 할 수 있는 그들은 가히 태산 같은 위압감으로 사공세가 무인들을 짓눌렀는데 오랫동안 단우 노야에게 반기를 들기 위해 절치부심했던 산외산주 단우연의 실력은 일전에 단우 노야와도 검을 나누었던 사공추의 얼굴이 불신으로 가득 차게 만들 정도로 압도적이었다.

'설마하니 이런 실력을 지녔다니! 단우 노야 못지않은 실력자가 아닌가.'

이미 온몸을 덮은 부상으로 인해 피투성이로 변해 버린 사공추는 끊임없이 밀려오는 중압감에 숨이 막힐 지경이었다.

들고 있던 검은 어느새 반 토막이 나버렸고 왼쪽 팔은 다시는 회복할 수 없을 정도로 망가졌다.

검기의 파편에 노출된 왼쪽 눈 역시 시력을 잃은 지 오래였다.

그에 반해 상대에게 남긴 것은 옆구리의 자상 하나가 전부였다. 공격이 제법 깊게 들어가 끊임없이 피가 흘러나왔지만 승패를 바꾸기엔 너무도 미미했다.

사공추가 무력감으로 가득한 눈빛으로 주변을 살폈다.

평생을 함께한 형제요, 친우들은 이미 대부분이 목숨을

잃었고 그나마 사공파, 사공열 장로와 호위대장 초영이 몇몇 식솔들을 이끌고 항전하는 중이었다.

특히 믿기 힘들 정도로 뛰어난 실력을 지닌 적의 숨통을 끊어버리며 사공세가의 체면을 세운 사공열의 활약이 눈부셨다.

그는 온몸이 만신창이가 되면서도 적의 공세에 맞서 한 치의 물러섬이 없었다. 오히려 죽음을 도외시하며 달려드는 기세에 산외산의 고수들마저 주춤거릴 정도였는데 산외산의 이인자라 할 수 있는 하공이 나선 뒤에야 그의 기세를 꺾을 수 있었다.

그 싸움 역시 막바지였다.

"커흑!"

사공열이 외마디 비명을 내뱉으며 비틀거렸다.

한 자루 검이 그의 심장에 깊숙이 박혔고, 그가 몸이 움직일 때마다 등 뒤로 뚫고 나온 검신을 통해 붉은 피가 점점이 뿌려졌다.

하지만 사공열도 그냥 당하기만 한 것만은 아니었다.

맞은편, 그에게 치명상을 안긴 하공이 잔뜩 찌푸린 얼굴로 어깨를 짚고 있었다. 사공열이 최후의 순간에 날린 일격이 그의 왼쪽 어깨뼈를 완전히 부숴놓았기 때문이었다.

사공열이 쓰러지자 그렇잖아도 힘겹게 버티던 사공세가

의 진영이 급격히 무너져 내렸다.

'결국 이렇게……'

사공추는 식솔들의 최후를 참담한 눈길로 바라보며 피눈물을 흘렸다.

승패는 이미 갈렸다. 이제는 자신이 사공세가의 마지막을 부끄럽지 않게 장식해야 할 때였다.

천천히 검을 드는 사공추의 뇌리에 무상심의검의 마지막 초식이 떠오르자 검끝으로 자연스레 기운이 몰렸다.

위력만큼이나 소모되는 내공 또한 막대했지만 어차피 뒤는 없었다.

몸에 남은 한 줌의 진기까지 동원하고서야 겨우 일격을 가할 정도의 힘을 모았다.

마지막 불꽃을 피우며 달려드는 사공추를 보며 단우연은 눈살을 찌푸렸다.

예사롭지 않은 공격이었다. 감당할 수 없을 정도는 아니나 최소한 팔 하나는 희생할 각오를 해야 할 정도로 대단했다.

다만 상대는 그와 같은 공격을 다시 한 번 펼칠 여력이 없을 터. 굳이 정면으로 받아줄 필요도 없이 피하면 그만이었다.

냉정히 판단했을 때 당연히 그래야 했다.

하나 가슴이, 평생을 검 하나만 보고 달려온 자존심이 그것을 허락하지 않았다.

단우연의 검이 부드럽게 움직이기 시작했다.

마치 사막의 신기루처럼 몽환적인 기운이 사방으로 퍼지는가 싶더니 이내 엄청난 충돌음이 터져 나왔다.

꽈꽈꽈꽝!

천외천과 산외산을 대표하는 두 절대고수의 충돌에 천지가 흔들리고 사방 십여 장에 이르는 공간이 초토화되었다.

초목은 물론이고 단단한 바위마저 먼지가 되어 흩날렸다.

사공세가의 무인들에게 마지막 일격을 가하려던 산외산의 고수들은 충돌 직전 일제히 무기를 거두고 물러났고 영문을 모른 채 멍하니 있던 사공세가의 무인들은 대다수가 충돌의 여파를 감당하지 못하고 피를 토하며 쓰러졌다. 이미 시신이 되어 차가운 대지에 몸을 누인 자들의 몸은 형체도 알아보지 못할 정도로 넝마가 되어 사방에 널브러졌다.

"크륵, 크륵!"

무릎을 꿇은 채 부러진 검에 의지해 힘겹게 몸을 가누고 있는 사공추의 입에서 가래 끓는 소리가 흘러나왔다.

망가졌던 왼쪽 팔은 흔적도 없이 사라졌고 짓뭉개진 가슴, 쩍 갈라진 옆구리 사이로 오장육부가 밀려 나오고 있었다.

상대가 강한 것은 알고 있었다. 그래도 무상심의검의 마지막 초식마저 이토록 허무하게 막힐 줄은 전혀 예상치 못했다. 물론 몸이 정상이었고 제대로 준비된 공격을 펼쳤다면 조금은 상황이 바뀔 수도 있었겠지만 그렇다 하더라도 결과는 변함이 없을 터였다.

"대단… 하군."

사공추는 단우연의 강함에 진심 어린 감탄과 더불어 허탈한 웃음을 보이더니 서서히 무너져 내렸다.

"……."

단우연이 복잡한 시선으로 부러진 검을 가슴에 품고 쓰러지는 사공추를 보고 있을 때 하공이 다가와 물었다.

"괜찮습니까?"

하공의 걱정스러운 시선이 피가 줄줄 흘러내리고 있는 그의 어깨와 옆구리로 향했다.

"괜찮아."

대수롭지 않다는 표정으로 가볍게 손짓한 단우연이 상처를 지혈했다.

"조금은 걱정을 했는데 다행입니다. 솔직히 마지막 공격은 대단했습니다."

"그러게. 결코 만만한 상대가 아니었어."

고개를 끄덕이는 단우연의 미간이 살짝 찌푸려졌다. 피

는 멈췄지만 마지막 공격에서 부상을 당한 어깨의 상처에서 상당한 고통이 밀려들었기 때문이었다.

"우리 쪽 피해는 어떤가?"

단우연이 애서 고통을 참으며 물었다.

"여섯이 당했습니다."

하공의 대답에 잠시 펴지는가 싶던 그의 얼굴에 다시 주름이 잡혔다.

"그렇게나 많이?"

"다들 뛰어난 실력을 지녔습니다. 워낙에 필사적으로 덤빈 이유도 있고요."

"하긴 상대가 사공세가라면 이 이상을 바라는 것은 욕심일 수도 있겠군."

"예, 현실에 안주하기는 했어도 천외천은 천외천이니까요."

"사제 말이 맞네. 자, 그럼 이제 마무리를 하고 떠나도록 할까?"

뜬금없는 말과 함께 단우연의 시선이 느닷없이 북쪽 숲으로 향했다.

"촌각이면 충분할 겁니다."

하공의 시선 또한 단우연을 따라 북쪽 숲으로 움직였다.

순간, 숲에 은신하여 싸움을 지켜보던 포영종과 그의 수하들은 혼비백산할 수밖에 없었다. 비록 수풀이 시야를 막고 있었지만 이미 적들에게 자신들의 존재가 드러났음을 직감한 것이다.

포영종은 수하들을 향해 흩어지라는 수신호를 다급히 보냈다. 수하들이 일제히 움직이려는 찰나였다.

"왜? 가려고? 공짜로 재밌는 구경을 했으니 이제 그 목은 놓고 가야지."

그들 앞, 어느새 나타난 산외산의 고수 둘이 차가운 미소를 지으며 웃고 있었다

\*　　　　\*　　　　\*

"놓쳤다는 것이냐?"

지그시 눈을 깔고 묻는 단우 노야의 섬뜩한 눈빛에 단우종의 몸이 부르르 떨렸다.

"계, 계속 추격을 하고 있습니다."

"추격을 하고 있다는 것은 어쨌든 놓쳤다는 말이로군."

변명 따위는 용납하지 않겠다는 듯한 무심한 어조에 단우종이 황급히 무릎을 꿇었다. 비록 그가 단우 노야의 유일한 혈육이자 사실상 후계자라 할 수 있었지만 그의 심기를 거스른다는 것은 감히 있을 수 없는 일이었다.

"죄, 죄송합니다."

단우종은 몇 번이나 머리를 조아린 끝에야 겨우 몸을 일으킬 수 있었다.

"남은 놈이 누구라고?"

"사마단 사형입니다."

"사마단이라……."

잠시 기억을 더듬은 단우 노야가 고개를 끄덕였다.

"제법 뛰어난 실력을 지니고는 있었지."

"하지만 이미 치명상을 당한 상태이니 곧 잡힐 것입니다."

단우 노야의 입가로 섬뜩한 조소가 흘렀다.

"하면 치명상을 당한 놈을 놓쳤다는 말이더냐?"

"죄, 죄송합니다."

단우종은 괜스레 입을 열어봤자 좋은 소리를 듣지 못할 것이라 여기곤 황급히 입을 다물었다.

'그 빌어먹을 놈 때문에.'

단우종은 자신을 막기 위해 동귀어진 수법을 펼친 도현을 떠올리며 이를 부득 갈았다.

"북리파."

"예, 사부님."

빙마곡주 북리파가 얼른 다가와 부복했다.

"무황성에서 또 다른 지원군이 오고 있다 했느냐?"

"어제 아침경에 출발했다는 연락을 받았습니다."

"수호령주도 움직인 것이냐?"

"예, 그들을 이끄는 자가 수호령주라 했습니다."

수호령주와의 만남을 고대하고 있음인지 단우 노야의 눈빛이 뜨겁게 일렁였다.

"전력은 어느 정도나 되느냐?"

"생각보다는 많지 않습니다. 천마신교의 병력 소수가 합류를 했다지만 앞서 출발한 사공세가의 지원군까지 쓸어버린 상황이니 크게 신경 쓰실 정도는 아닙니다."

북리파의 대답에 단우 노야의 눈빛이 서늘해졌다.

"어리석은 놈. 그놈의 존재만으로도 신경 쓸 이유는 충분하거늘."

"죄, 죄송합니다."

북리파가 송구하단 표정으로 고개를 숙였다.

살기 어린 눈빛으로 한참이나 노려보던 단우 노야가 다시 물었다.

"어제 출발했다면 루외루와 합류하는 시점은 언제쯤 되느냐?"

"아무리 빨라도 나흘 이상은 걸릴 것입니다."

"나흘이라. 하면 이제 곧 놈과 다시 만날 수 있겠군. 즐거운 기다림이 되겠어."

지그시 눈을 감는 단우 노야의 입가에 섬뜩한 미소가 지어졌다.

*　　　*　　　*

무황성을 출발한 이후, 밤낮을 가리지 않은 강행군이 이어졌다. 그럼에도 누구 한 사람 불만을 토로하지 않았다. 누구도 함부로 입을 열기가 힘들 정도로 분위기는 가라앉아 있었다. 사공세가의 전멸 소식은 그만큼 충격적인 사건이었다.

무거운 분위기 속에 빠르게 걸음을 옮기고 있던 이들의 움직임을 일제히 멈춘 게 만든 것은 깊은 밤을 일깨우는 한 줄기 휘파람 소리였다.

휘파람의 주인이 첨병 역을 자청하고 있던 전풍의 것이라는 것을 확인한 진유검은 수신호로 일행을 침묵시켰다.

"제가 확인하고 오겠습니다."

진유검의 허락을 받은 곽종이 전풍이 있는 곳을 향해 번개처럼 내달렸다.

"적이 나타난 것일까요?"

천강일좌 문청공이 심각한 표정으로 물었다.

"그럴 가능성이 높을 것 같습니다. 어지간한 일로는 경고음을 보내지는 않을 테니까요."

"사공세가가 당했다는 것은 적들이 무황성의 움직임을 간파하고 있다는 것이지요. 아마도 우리의 움직임 또한 눈치채고 있을 것입니다."

공손예의 말에 여우희가 놀라 물었다.

"하면 적들이 우리를 기다리고 있다는 건가요?"

"예, 그럴 가능성이 높다고 봐요."

"같은 생각입니다."

공손예의 의견에 동의를 표한 진유검이 좌중을 둘러보며 말했다.

"곽종이 갔으니 곧 이유를 알겠지요. 혹시 모르니 다들 경계에 만전을 기해주십시오."

진유검은 적의 기습에 대비하라는 명을 내리고 곽종이 돌아오기를 기다렸다.

곽종은 반각이 채 되지 않아 돌아왔다.

"무슨 일이라더냐?"

"적이냐?"

문청공과 항정이 동시에 물었다.

"모르겠습니다."

곽종이 고개를 저었다.

"모르다니? 하면 전풍은 어째서 그런 경고를 보낸 것이냐?"

문청공이 미간을 찌푸리며 다시 물었다.

"전풍의 말에 의하면 인근에 낯선 자들이 출몰했다고 합니다. 일단 확인한 자들만 대략 십여 명인데 그들이 적인지는 모르겠다는군요. 다만 누군가를 쫓는 것 같다고만 하였습니다."

누군가를 쫓는 것 같다는 말에 진유검의 눈빛이 반짝였다.

"사공세가에 생존자가 있다고 했던가?"

어조인은 진유검의 말에 당황한 빛으로 고개를 저었다.

"그런 말은 없었습니다. 아니, 없다기보다는 알 수 없다는 말이 정확하겠군요. 무황성에서도 사공세가의 상황을 완벽하게 파악하고 있지는 못하고 있습니다. 그저 당시의 절망적인 상황을 알려온 전서를 통해 전멸을 당했을 것이라 예상하고 있을 뿐이지요."

"사공세가에 생존자가 있을 수도 있다고 여기시는 겁니까?"

문청공이 기대에 찬 표정으로 물었다.

"그렇게 믿고 싶습니다. 참, 풍이 놈은 그자들의 실력이 어떻다고 해?"

"전풍도 정확하게 파악하지는 못한 듯싶습니다. 일단 놈들의 뒤를 밟아보겠다면서 산으로 향했습니다."

곽종이 전면에 하늘 높이 웅장하게 솟은 검은 그림자를 가리키며 말했다.

"앞장서."

진유검이 성큼 앞으로 나섰다.

곽종은 조금도 지체하지 않고 산을 향해 내달리기 시작했다. 진유검과 천강십이좌가 그의 뒤를 따라 움직였다.


"정말 쥐새끼 같은 놈입니다."

맹렬히 검을 휘두르다 부상을 입고 어쩔 수 없이 뒤로 물러난 여운의 얼굴은 분노로 인해 잔뜩 일그러져 있었다.

갑작스럽게 나타난 적에게 기습을 당했다고는 해도 제대로 된 공방도 해보지 못한 채 목덜미에 큰 부상을 당하고 말았으니 망신도 이런 망신이 없었다. 사제들 보기에도 민망해 죽을 지경이었다.

"진정해. 저런 움직임은 사제가 아니라 우리 누구도 따라잡지 못하는 거니까."

사도참은 흥분을 감추지 못하고 있는 여운을 달랬다.

"숫제 괴물이야. 몽 사제도 빨랐지만 이건 아예 상대가 되지 않는 수준이니."

자신도 모르는 사이 무황성에서 생사불명이 되버린 몽상여를 잠시 떠올린 사도참은 쓰게 웃으며 전풍, 그리고 그가 필사적으로 보호하고자 하는 자들에게 시선을 돌리며 말을 이었다.

"하지만 결과는 변할 수 없지. 혼자가 아니라 저들을 구하고자 한다는 것 자체가 한쪽 다리를 묶어놓고 싸우는 것이나 다름없으니까. 힘은 곧 빠질 테고 다리는 무뎌질 수밖에 없을 거다. 흠, 이미 시작되었나 보군."

그의 말대로였다.

번개처럼 내달리던 전풍의 몸은 어느새 붉은 피로 가득했다. 감히 쫓을 생각조차 하지 못했던 움직임 역시 현저히 느려졌다. 아직까지 목숨을 걱정할 정도는 아니었으나 그를 공격하는 상대들이 보통 고수가 아니라는 것을 가정했을 때 잡히는 것은 시간문제였다.

"저놈의 목은 제가 칩니다."

여운이 목덜미를 덮었던 흰 천을 거칠게 던지며 말했다.

"마음대로 해. 내가 궁금한 것은 저자가 누구냐는 것과 어째서 사제와 저 아이를 돕기 위해 목숨을 걸고 있느냐는 것이니까."

"예, 그건 제가 확실히 확인하고 베지요."

여운이 차갑게 웃으며 조금씩 지친 기색을 보이고 있는

전풍을 잡아먹을 듯 노려보았다.

"괜찮아요?"

단우린의 걱정스러운 외침에 전풍은 아무렇지 않다는 듯
손을 흔들며 거침없이 내달렸다.

움직일 때마다 암기가 깊이 박힌 허벅지로부터 엄청난
고통이 밀려들었지만 걸음을 멈출 수는 없었다.

전풍이 지금껏 사마단과 단우린을 보호하며 버틸 수 있
었던 것은 오로지 적들이 미처 따라잡지 못할 정도로 빠른
움직임 덕분. 지금 부상을 핑계로 발걸음을 멈춘다면 당장
목이 떨어질 것이다. 그만큼 상대의 공격은 무시무시했다.

전풍은 귀밑을 훑고 지나가는 암기의 싸늘한 감촉을 느
끼며 몸을 부르르 떨었다.

자칫했으면 치명상을 당할 뻔했다. 문제는 그런 위기 상
황이 급격히 늘고 있다는 것이다.

'제길! 언제 오는 겁니까? 빨리 좀 오쇼.'

곽종이 상황을 파악하고 돌아갔으니 당연히 지원군이 오
리라 여겼다. 마음 한구석에 은근한 불안감이 치솟기는 했
지만 애써 지웠다.

그때였다. 등허리 쪽에서 불에 지진 듯한 고통이 밀려들
었다.

"크악!"

외마디 비명과 함께 중심을 잡지 못한 전풍이 그대로 고꾸라졌다. 엄청난 속도로 인해 열댓 번은 넘게 구른 후에야 겨우 멈췄다.

"괘, 괜… 찮아요?"

단우린이 쓰러진 전풍을 황급히 안아 들며 물었다.

"돼, 뒈질 정도는 아니니까 걱정하지 마쇼."

오만상을 찌푸리며 대답한 전풍은 내뱉은 말과는 달리 단우린의 부축을 받고서야 겨우 몸을 바로 했다.

'병신 같은 놈! 전투 중에 엉뚱한 생각을 하니 이런 꼴을 당하지.'

전풍은 허리 아래쪽으로 전혀 힘이 들어가지 않는 것을 느끼며 스스로를 향해 욕설을 내뱉었다.

'젠장, 이런 어처구니없는 실수를 하다니.'

적들의 거센 공격을 감당하기가 버거워졌어도 전력을 다한다면 얼마간의 시간은 더 버틸 수 있던 터. 잠깐의 방심으로 지금까지의 노력이 헛되이 돼버렸다는 생각에 참을 수가 없었다.

혹시나 하는 마음에 사마단을 살핀 전풍의 얼굴이 다시금 일그러졌다. 의식은 돌아온 것처럼 보였으나 살아 있는 것이 오히려 기적으로 보일 정도로 사마단의 상태는 심각했다. 그렇다고 단우린이 적들의 공격을 막아내기를 기대하는 것 또한 불가능했다.

'어찌 되었든 내가 버텨야 한다는 말이네.'

전풍은 쓰러진 짐승의 마지막 숨통을 끊고자 하는 사냥꾼처럼 승리감에 사로잡힌 표정으로 서서히 다가오는 적들을 보며 검을 꽉 움켜잡았다.

끔찍할 정도의 고통이 전신에 밀려들었다.

고통을 참기 위해 부릅뜬 두 눈은 실핏줄이 모조리 터져붉게 충혈되었다.

"그렇지. 바로 그거야."

전풍이 쓰러지는 것을 확인하자마자 달려온 여운이 비릿한 미소를 지었다. 조금 전까지만 해도 피가 멈추지 않던 목덜미의 상처가 씻은 듯이 나은 듯한 느낌이었다.

"묻고 싶은 것도 듣고 싶은 것도 많지만 우선은 네놈에게 당한 이들의 원통함부터 풀어야겠다. 숨통만 붙어 있으면 된다고 하셨다. 살아 있는 것을 후회하게 해주지."

"병신. 핑계 대지 말고 똑바로 말해. 그냥 네놈의 원한이라고. 명줄을 끊지는 못했어도 칼날이 제법 깊게 들어갔다고 생각했는데 이렇게 주둥이를 나불댈 힘이 있는 것을 보니 생각보다 훨씬 더 운이 좋아."

"닥쳐랏!"

화를 참지 못한 여운이 분노가 한껏 담긴 검을 휘둘렀다.

전풍의 표정은 절망적이었다.

조금 전 공격을 허용한 순간부터 이미 전풍의 움직임은 봉쇄를 당한 것이나 마찬가지였고 여운의 검을 막을 방법은 오직 정면으로 맞부딪치는 것이었다.

'문제는 몸이 감당할 상황이 아니라는 것이지. 빌어먹을!'

조금 전에야 섬광처럼 빠른 움직임 덕분에 여운에게 불의의 일격을 가할 수 있었으나 전풍은 그의 무공이 실로 대단하다는 것을 정확하게 인지하고 있었다.

몸 상태가 가장 좋은, 절정의 백보운제를 시전할 수 있었던 상황에서 대적을 했기에 망정이지 그렇지 않았다면 부상을 입히기는커녕 오히려 자신이 상대의 검에 목숨을 잃을 것을 걱정했어야 할 정도로 여운의 검은 빠르고 날카로웠다.

"크흑!"

튕겨져 나간 전풍이 고통스러운 신음을 흘리며 비틀거렸다.

가슴 어귀에서 붉은 피가 솟구쳤다.

여운이 만족한 미소를 지으며 재차 검을 휘둘렀고 그때마다 전풍의 몸 곳곳에서 피가 솟구쳤다.

"그렇게 죽을상 하지 마라. 아직 시작도 안 했다."

전풍의 피가 뚝뚝 흐르는 검날을 혀로 살짝 핥는 여운의 표정엔 잔인함이 가득했다.

그때였다.

대꾸할 힘이 없는 것인지 아니면 적의 도발에도 아무것도 할 수 없는 자신의 처지가 비참해서인지 피가 나도록 입술을 깨물며 거친 숨만을 내뱉던 전풍의 눈동자에 돌연 생기가 돌았다.

"호오, 아직 눈빛은 살아 있군. 그래, 사내라면 그래야지."

여운은 전풍이 아직도 전의를 상실하지 않았음을 기꺼워하며 진하디진한 살소를 지었다.

"약속하지."

전풍이 조용히 입을 열었다.

"다섯을 세기 전 네놈의 숨통을 끊어주마."

비틀거리던 전풍이 어디서 그런 힘이 났는지 손에 쥔 검을 힘주어 잡으며 자세를 잡았다.

전풍의 행동을 최후의 발악이라 여긴 여운은 사냥감을 앞에 둔 맹수처럼 여유롭게 웃으며 다가갔다.

별다른 초식도 필요 없었다. 그저 가볍게 휘두르는 것만으로도 목을 칠 수 있었다.

'물론 그래선 안 되겠지만.'

전풍으로부터 들어야 할 말이 있다는 사도참의 충고를 기억한 여운의 시선이 깊은 자상을 입은 왼쪽 다리로 향했다.

'이쯤에서 다리 하나 정도는 끊어줘도 문제는 없겠지.'

여운의 시선을 따라 검이 움직였다.

전풍은 미동도 하지 않았다.

올 테면 와보라는 듯 자신만만한 태도에 오히려 여운이 당황할 정도였다. 그런 자신감의 이유는 경악으로 가득한 사도참의 외침을 통해 밝혀졌다.

"위험해!"

사도참의 외침이 아니더라도 여운은 이미 자신을 향해 짓쳐들어오는 맹렬한 기세를 느끼고 있었다.

그것이 무엇인지 확인할 여유 따위는 없었다.

검이 움직였다.

오랜 경험을 통해 찰나의 순간이라도 지체한다면 반드시 숨통이 끊어지리라는 것을 확신한 본능적인 움직임이었다.

꽝!

마치 폭탄이 터지는 듯한 폭음이 터져 나오고 조금 전까지만 해도 여유롭게 웃고 있던 여운의 몸이 거칠게 흔들렸다.

쿵. 쿵. 쿵.

충돌의 여파를 이기지 못해 뒷걸음질 치는 여운의 발걸음마다 땅바닥이 푹푹 패었다.

'무, 무슨 놈이 공격이······.'

산산조각 난 검, 찢어진 손아귀, 그것도 부족해 오장육부가 뒤흔들릴 만큼 방금의 충돌은 여운에게 대단한 충격을 안겼다. 그 바람에 그는 중대한 사실을 잊고 있었다.

"약속은······."

나른한 음성이 들려왔다.

여운의 표정이 일그러지고 몸이 그대로 굳었다.

고개조차 돌리지 못하는 상황.

전신에 소름이 돋았다.

자신을 다급하게 부르는 사도참의 모습이 보였다. 두 눈을 부릅뜨며 달려오는 사제들의 모습도 보였다.

지금의 상황을 벗어나고 싶었지만 어찌 된 일인지 올가미에 걸린 듯 손가락 하나 까딱할 수가 없었다.

오른쪽 목덜미로부터 극통이 몰아쳤다.

여운의 얼굴에 인간이 표현할 수 있는 모든 고통의 표정이 나타났다.

입이 찢어질 듯 벌어졌지만 비명은 흘러나오지 않았다.

금방이라도 터져 버릴 듯 튀어나온 눈동자에 목덜미에서

가슴을 가르고 지나가는 섬뜩한 검신과 검신을 따라 뿜어져 나오는 핏줄기가 스쳐 지나갔다.

여운의 눈은 순식간에 초점을 잃어갔다.

쿵.

여운의 몸이 묵직한 진동을 남기며 땅바닥에 쓰러졌다.

"다… 섯."

힘없이 무너져 내리는 여운을 보며 조용히 중얼거린 전풍이 들고 있던 검을 툭 내려놓으며 엉덩방아를 찧었다.

여운에게 당해 엉망이 돼버린 몸으로 마지막 일격을 날리기 위해 전력을 다해서인지 숨 쉬는 것조차 버거워 보였다.

바닥에 주저앉은 전풍은 아예 대자로 누워 버렸다. 그러곤 허공을 향해 외쳤다.

"더럽게 늦게 왔네. 난 할 만큼 했으니 이제 알아서 하쇼!"

전풍의 말이 끝나는 것과 동시에 진유검의 그의 곁에 도착했다.

"쯧, 심하게 당했네. 괜찮아?"

전풍이 어이없다는 표정으로 되물었다.

"이게 괜찮아 보입니까?"

"발끈하는 걸 보니 별문제는 없겠네. 쉬어."

대수롭지 않게 대꾸한 진유검이 조금의 미련도 없이 몸을 돌렸다.

　단우린을 향해 걸음을 옮기는 진유검을 보며 전풍은 기가 막혀 화도 내지 못했다.

　"이곳에서 단우 소저를 다시 만나게 될 줄은 꿈에도 몰랐습니다. 괜찮습니까?"

　진유검이 곳곳이 피로 물든 단우린의 모습을 보며 반가움과 걱정스러움이 교차되는 표정으로 물었다.

　"견딜 만해요."

　자신의 모습이 지저분하고 초라하다 여겨서인지 살짝 고개를 숙이는 단우린의 얼굴이 살짝 붉어졌다.

　"늦지 않아서 정말 다행입니다."

　진유검의 환한 얼굴을 보며 단우린은 맥이 탁 풀렸다.

　적들의 거센 공격에도 그토록 꿋꿋하게 버텼던 다리에 힘이 빠지고 절로 몸이 휘청거렸다.

　"조심하세요."

　재빨리 그녀를 부축한 진유검이 슬쩍 고개를 돌리자 여우희가 단우린을 안아 들었다.

　"괜찮아, 동생?"

　"아, 언니도 오셨군요."

　자신을 안은 사람이 여우희라는 것을 확인한 단우린이

반가운 눈빛을 보냈다.

"조금만 늦었어도 정말 큰일 날 뻔했네. 수상한 놈들이 누군가를 쫓는 것 같다는 말을 듣고 사공세가의 인물이라 생각했는데 동생이었다니."

혀를 찬 여우희가 자신의 말에 동의를 구하는 듯한 눈빛으로 진유검을 바라보았다. 하지만 차갑게 가라앉은 진유검의 시선은 이미 갑작스러운 상황 변화에 당황한 사도참 등에게 향해 있었다.

"산외산, 아니, 단우 노야의 수족들 맞나?"

"……."

사도참은 당황한 표정, 떨리는 눈동자로 진유검을 바라보았다. 아마도 상대의 정체를 어느 정도는 눈치챈 듯싶었다.

'설… 마 그자인가?'

방금 전, 여운에 대한 공격은 그야말로 절정의 이기어검이었다.

당금 천하에 단 한 번의 공격으로 여운을 곤란케 할 수 있을 정도의 실력을 지닌 사람은 많지 않았다. 게다가 나이를 감안한다면 범위는 더욱 좁혀진다.

"진… 유검. 수호령주?"

사도참의 물음에 진유검의 눈빛이 반짝거렸다.

"나를 어찌 알지? 우린 만난 적이 없는 것 같은데."

"꼭 만나야만 아는 것은 아니지."

사도참은 쓰게 웃으며 주변을 둘러보았다.

눈앞의 상대가 어떤 인물인지 제대로 파악을 하지 못하고 있는 사제들은 금방이라도 여운의 복수를 하기 위해 달려들 기세였으나 진유검의 실력을 감안했을 때 이미 이 싸움은 가능성이 없는 싸움이었다. 또한 그는 혼자가 아니었다.

'수호령주를 따른다는 자들이겠지.'

강력한 살기를 뿌려대는 사제들과 천강십이좌들을 보며 사도참은 자신들이 최악의 상황에 처했다는 것을 느낄 수 있었다.

87장

균열(龜裂)

"그러니까 단체로 머리가 이상해졌다는 말인 거요?"

전풍이 퉁명스레 물었다. 현 상황에 대해 꽤나 자세히, 차분하게 설명했다고 여긴 단우린은 전풍의 반응에 곤란한 표정을 지었다.

"그게 아니고 단우 노괴가 요상한 사술을 써서 모두의 정신을 제압했다는 말이잖아."

전풍의 상처를 살피던 여우희가 황당한 얼굴로 핀잔을 주었다.

"그게 그거 아니요. 사술이 되었든 뭐가 되었든 모두가 훽까닥… 악! 살살 좀 하쇼."

전풍이 오만상을 찌푸리며 상처를 꽉 누르고 있는 여우희의 팔을 잡아챘다.

"시끄러."

여우희가 눈을 흘기자 곽종이 맞장구를 쳤다.

"당해도 싸지. 같은 말을 듣고 어떻게 그런 결론을 내리는 거야."

"내가 무슨 잘못을 했다고…….."

발끈하려던 전풍은 살짝 변하는 진유검의 눈빛을 보곤 얼른 입을 다물었다.

"어쨌거나 사술이라니 골치 아프게 되었군요."

진유검은 단우 노야와 대척점에 있던 이들이 단우 노야의 수족으로 변했다는 점을 심각하게 받아들였다. 계속되는 싸움으로 인해 전력의 약화를 가져온 루외루와는 달리 산외산의 전력은 아직 큰 타격을 받지 않았기 때문이다. 맹렬한 기세로 무림을 공격했던 세외사패는 애당초 그들의 주력이라 하기엔 분명 무리가 있었다.

미간을 찌푸린 진유검이 피투성이가 되어 쓰러져 있는 사도참을 향해 걸어갔다. 따로 조치를 취해두지 않아도 무방할 정도로 그는 처참하게 망가진 상태였다.

사도참은 진유검이 자신을 향해 걸어오는 것을 물끄러미

바라보았다. 반쯤 감긴 눈동자에 어리는 것은 두려움과 공포, 또 한편으로 경외심이었다.

"단우 노야가 어떤 사술을 쓴 거지?"

"……."

"한 번 더 기회를 주지. 어떤 사술이지?"

사도참의 입이 열리기를 냉정한 눈길로 바라보던 진유검은 그의 침묵이 길어지자 슬쩍 손을 뻗었다.

진유검의 손길이 닿기 직전 사도참이 입을 열었다.

"대답… 을 하면……."

힘없이 중얼거린 사도참이 이미 싸늘한 시신이 되어 쓰러진 사제들과 수하들의 시신을 둘러보며 말을 이었다.

"편히 보내줄 수 있나?"

"대답 여하에 달린 것이겠지."

진유검이 차갑게 대꾸했다.

"거짓을 말하진 않는다. 이미 비밀이 아닌데 군이 감출 필요도 없고."

"그렇다면야."

진유검이 살짝 고개를 끄덕였다.

만신창이가 된 사도참의 목숨은 그리 길지 않았다. 고통이나 줄여달라는 것은 그리 무리한 요구는 아니었다.

"대사형과 이사형 등을 굴복시킨 것은 사술이 아니다. 그들은 암뇌제혼대법이라는 금제에 당한 것이다."

귀를 기울이고 있던 이들의 눈살이 절로 찌푸려졌다. 벌써 이름부터 심상치가 않았다.

"환술이냐?"

문청공이 물었다.

사도참이 고개를 저었다.

"정확히는 알지 못한다. 그저 노야에게 무공을 배운 이들이라면 누구도 벗어날 수 없다는 절대적인 금제라는 것만 확인했을 뿐."

그 역시 단우종을 통해 단편적인 것만 전해 들었을 뿐 사실 많은 것을 알지는 못했다.

"벗어날 방법은?"

진유검의 물음에 사도참은 단호히 말했다.

"뇌리에 각인된 금제인지라 스스로 목숨을 끊지 않는 한 벗어날 길은 없다고 했다."

방법이 없다는 사도참의 말에 모두의 표정이 어두워졌다. 특히, 부친을 걱정하는 단우린의 안색은 보기 안쓰러울 정도로 창백해졌다.

"참으로 저열한 인간이 아닌가. 제자들에게 무공을 가르치면서 그런 암계를 펼치다니."

문청공이 고개를 설레설레 내저었다.

"목숨을 끊어야 할 정도라면 답이 없는 것 아닙니까?"

일이 점점 어려워진다고 생각한 임소한이 답답한 표정으로 물었다.

"아무래도 그렇겠지. 실로 지독한 금제야."

문청공이 한숨을 내쉴 때였다. 도대체 무슨 말을 그렇게 심각하게 하는지 이해하지 못하겠다는 얼굴로 지켜보던 전풍이 불쑥 끼어들었다.

"아니, 뭐가 그리 걱정입니까? 암계든 사술이든, 아니면 다들 정신이 훼까닥 했든 그 원인이 단우 노괴라는 것만은 확실하잖아요. 그럼 그 노괴만 처리하면 다 끝나는 거 아닙니까? 이렇게."

자신의 목을 스윽 긋는 전풍을 보는 이들의 반응은 제각각이었다.

전풍과 같은 생각을 하고 있었는지 진유검은 별다른 표정 변화가 없었지만 문제의 해결을 놓고 고민을 했던 이들은 쓴웃음과 함께 허탈한 시선을 교환했다. 실망감에 사로잡혔던 단우린의 눈빛도 희망으로 가득 찼다.

누구보다 격한 반응을 보인 사람은 사도참이었다.

"처리? 노야를 죽일 수 있다고 생각하는 건가? 미쳤군."

죽음을 앞둔, 아니, 이미 초탈한 사람의 음성치고는 꽤나 도발적이었다.

"못 할 건 또 뭐야? 이미 박살이 난 인간인데."

전풍이 비웃음 가득한 얼굴로 진유검을 가리켰다.

"잊었나 본데 얼마 전 그 노괴를 박살 낸 사람이 바로 우리 주군이다."

"잊을 리가 없지. 하지만……."

발끈하려던 사도참이 씁쓸한 얼굴로 입을 다물었다. 그 패배로 인해 단우 노야가 어떻게 변했는지, 또 얼마나 강해졌는지 적에게 굳이 설명할 필요는 없었다. 무엇보다 그 변화가 어쩌면 자신들의 치부를 드러내는 것 같기에 더욱 그랬다.

"어쨌든 단우 노야를 제거하면 금제란 것도 저절로 해결이 되는 건가?"

진유검이 물었다.

단우 노야가 암뇌제혼대법을 사용했다는 것만 알 뿐 그 외의 것들에 대해선 아는 바가 별로 없던 사도참은 아무런 대꾸도 하지 못했다.

"침묵은 긍정인가? 뭐, 결과가 어찌 되었든 지금 상황에선 어차피 외길이니까."

차갑게 내뱉은 진유검이 손을 뻗었다.

약속이 아니더라도 애당초 그는 무황성을 공격해 진가에 막대한 피해를 입힌 사도참을 용서할 생각이 없었다.

죽음을 직감한 사도참이 지그시 눈을 감았다.

의식은 이내 끊겼다.

암뇌제혼대법에 대해 말해준 대가로 사도참에게 편한 죽음을 선사한 진유검이 그의 주검을 잠시 바라보다 공손예를 향해 몸을 돌렸다.

"루외루의 본진은 어디에 있습니까?"

$$* \qquad * \qquad *$$

"루주님."

환종이 다소 거칠게 천막을 헤치며 들어서자 무거운 표정으로 회의를 이어가던 루외루 수뇌들의 시선이 일제히 그에게 쏠렸다.

"도착했나?"

공손후가 물었다.

"일각 후면 도착한다고 합니다."

"허! 생각보다 빠른 시간이구나. 그들을 맞을 준비는 끝났느냐?"

공손규의 물음에 환종이 고개를 숙여 대답했다.

"예, 나름 최선을 다했습니다."

"장소가 여의치 않다고는 하나 한 치도 소홀함이 없어야 할 것이다."

"예, 원로님."

공손히 대답한 환종이 손님 맞을 준비를 위해 물러나자 공손후가 쓰게 웃으며 술잔을 들었다.

"설마하니 이런 날이 올 줄은 몰랐습니다."

"여기 있는 누군들 생각이나 했겠는가? 하나 상황이 상황이니만큼 어쩔 수 없는 노릇이겠지."

공손규가 주변을 둘러보며 한숨을 내쉬었다. 그의 말대로 모인 이들 대부분의 표정은 어두웠다. 그들 대다수가 진유검에게 가족을 잃었기에 그런 반응은 당연한 것이라 할 수 있었다. 다만 공손규 말대로 어쩔 수 없는 상황이니 죽음보다 더한 인내심으로 참을 뿐이었다.

"자, 모두 일어나세. 다들 마음이 편치 않다는 것은 알지만 이럴 때일수록 대범한 모습을 보여야지."

"그깟 놈이 뭐가 대단하다고 마중까지 가야 하는 것인지 모르겠습니다."

옆에 앉아 있던 공손창이 불만을 터뜨리자 공손규가 정색을 했다.

"대단하지. 당금 무림에 그보다 더 대단한 자가 있나? 있다면 말해보게."

"흠."

공손창이 여전히 불만스러운 표정으로 입을 다물고 있자 공손규가 주변을 돌아보며 힘주어 말했다.

"무황성을 대표하는 자일세. 게다가 동맹으로서 단우 노괴를 치기 위해 온 사람. 아무리 감정이 앞선다고 해도 무례를 범할 수는 없는 것이야."

분위기가 너무 좋지 않게 흘러간다고 여긴 공손후가 손뼉을 치며 자리에서 일어났다.

"심각하게 생각할 것 없습니다. 지금은 적이 아니라 우리를 돕기 위해 오는 것이니까요. 원한이야 가슴에 묻어두고 언젠가 다시 꺼내 들면 될 일. 우선은 눈앞에 닥친 문제부터 해결해야 할 것입니다. 자, 모두 움직이시지요."

"아무리 그렇다고 놈을 맞이하기 위해 루주까지 나설 필요는 없지 않나?"

공손창이 퉁명스레 묻자 공손후가 피식 웃으며 말했다.

"미운 놈 떡 하나 더 준다고 하지 않습니까? 어차피 해야 한다면 극진하게 대접해 줄 생각입니다. 흠, 아예 규모를 더 키워보는 것도 좋겠군요."

"규모를 키운다? 무슨 뜻인가?"

공손규가 고개를 갸웃거리며 물었다.

"보시면 알 겁니다. 비상단주를 다시 불러라."

수하에게 명을 내리는 공손후의 입가에 장난스러운 미소

가 흘렀다.


운중산 중턱.

루외루의 본진이 진을 치고 있는 장소에 도착한 진유검과 그 일행은 눈앞에 펼쳐진 광경에 놀라움을 금치 못했다.

수많은 무인들이 나란히 마주 보고 길을 만들어 그들을 반겼다. 대충 헤아려 봐도 루외루의 무인들 모두가 나선 것이 틀림없었다.

"허허! 이 정도 환대는 생각지 못했는데 말이지."

문청공이 어색한 미소를 흘리자 임소한이 다소 불편한 얼굴로 고개를 갸웃거렸다.

"환영하는 건 좋지만 어째 기분이 쌔하군요."

"흥! 이게 무슨 환영입니까? 기를 죽이려는 거지요."

곽종이 콧방귀를 뀌자 항정은 예상 밖의 상황에 다소 난처해하는 공손예를 의식하며 곽종을 나무랐다.

"상대방이 예를 표했으면 감사히 받아들이면 될 일. 쓸데없이 곡해하지 마라."

"곡해가 아니라 그렇잖아요. 말이 좋아 동맹이지 며칠 전만 해도 죽을 듯이 싸운 사이에 이렇게 호들갑을 떤다는 건……."

곽종이 매서워지는 항정의 눈초리에 말끝을 흐렸다.

"루주께서 무슨 생각이신 건지 모르겠군."

갈천상이 미간을 찌푸렸다.

"글쎄요. 상대에게 예를 표하기 위함이라 해도 과하고 기를 죽이고자 하는 의도라 해도 과해요. 애당초 기죽을 사람도 아니고요."

공손예는 호들갑을 떠는 이들과는 달리 가만히 전방을 응시하는 진유검을 힐끗 바라보며 한숨을 내쉬었다. 어느쪽이든 좋지 않았다.

"일단 가죠. 이리 환대를 해주는 분들을 기다리게 하는 것도 예의는 아니니."

담담히 입을 연 진유검이 걸음을 옮기려는 찰나, 공손예가 재빨리 앞으로 나섰다.

"지금부터는 제가 안내하지요."

"부탁하겠습니다."

진유검이 정중히 말하자 가볍게 고개를 숙인 공손예가 일행의 앞으로 나섰고 갈천상과 공손민이 그녀와 어깨를 나란히 했다.

좌우로 도열한 루외루의 무인들은 그런 공손예와 공손민, 갈천상을 보며 일제히 예를 표했다. 그들의 뒤를 따라오는 진유검 일행에게도 같은 식의 예를 표했지만 그 진정성에는 분명 차이가 있었다. 게다가 은연중 내보이는 기운이 장난이 아니었다. 적대적인 감정, 살기만 배제했을 뿐이지 온몸을 옥죄어오는 위압감은 모두를 긴장시키기에 충분했다.

그렇다고 두려워할 이유는 없었다. 단우 노야와 산외산이라는 거대한 적을 앞둔 지금, 동맹을 깨뜨리기엔 서로가 감당해야 할 대가가 너무도 컸기 때문이었다.

공손예의 안내에 따라 경쾌하게 발걸음을 놀리던 진유검은 얼마 지나지 않아 루외루의 수장들이 기다리고 있는 장소에 도착할 수 있었다.

수백 명의 인원을 넉넉히 수용할 수 있을 정도로 넓은 장소는 아니었으나 그렇다고 딱히 비좁거나 하지는 않았다.

과거에 화전을 일궜던 곳이라 추측되는 장소의 중앙, 주변에 비해 확실히 규모가 있어 보이는 천막 앞에 심상치 않은 기운을 풍기는 이들이 모습을 보였다.

진유검의 숨소리가 달라지는 것을 느낀 공손예가 자부심 가득한 어조로 말했다.

"본 루의 어르신들까지 직접 마중을 나오셨군요."

루외루에서 최고의 예를 표했다는 것을 알아달라는 듯한 그녀의 말투에 진유검 또한 정중히 대답했다.

"영광입니다. 솔직히 부담이 될 정도의 환대군요."

"그간의 앙금을 털자는 뜻으로 봐도 될 것 같네. 솔직히 상황상 여기까지 오게 되었지만 양측에 얽힌 사연이 쉽게 잊힐 수 있는 것들은 아니니까."

말은 그리하면서도 갈천상은 루외루의 무인들을 모조리 동원한 것도 부족해 수뇌들까지 마중을 나온 것이 그다지 마음에 들지 않는다는 표정이었다.

"그건 그렇지요. 하지만 과거는 과거의 일로 묻어……."

피식 웃으며 고개를 끄덕이던 진유검이 말끝을 흐렸다.

갑자기 멈춘 걸음, 입가에 지어졌던 미소는 어느새 사라지고 눈동자에선 한기가 스쳤다.

'왜?'

갑작스러운 변화에 놀란 공손예가 진유검의 시선을 따라 고개를 돌렸다.

진유의 눈은 부친을 비롯한 루외루의 수뇌들을 보고 있지는 않았다.

미간을 찌푸리며 안력을 집중하자 어딘지 모르게 불안한 표정으로 서 있는 중년인의 모습이 보였다.

진유검의 싸늘한 시선은 분명 그에게 향해 있었다.

'대체 어째서…….'

공손예가 이해할 수 없다는 표정을 짓고 있을 때 그녀처럼 중년인에게 시선을 두었던 갈천상은 진유검이 기세가 변한 이유를 단번에 깨달을 수 있었다.

'이런 병신 같은!'

절로 욕지기가 치밀었다. 뭐라 말을 해야 했다. 변명밖에 되지 않겠지만 냉각된 분위기를 풀어야 한다고 여겼다. 하지만 그보다 진유검의 반응이 더 빨랐다.

"환대인 줄 알았는데 조롱이었군."

진유검의 표정에서 한기가 풀풀 풍겼다. 말투 또한 예의라고는 찾아볼 수 없을 정도로 도전적이었다.

그 분위기가 어찌나 살벌한지 흠칫 놀란 공손예가 파리해진 얼굴로 뒷걸음질 쳤고 진유검의 뒤를 따르던 일행이 일제히 무기를 빼 들 정도였다.

"뭔가 착오가 있는 것이네."

갈천상이 공손예를 뒤로 물리며 다급히 입을 열었다. 철혈의 부동심을 지녔다는 갈천상이 이토록 당황한 표정을 짓는 것은 평생에 있을 한두 번 있을까 말까 한 사건이었다.

거칠게 발걸음을 내딛는 진유검은 이미 그의 말을 듣지 않고 있었다.

그야말로 폭풍 같은 기세.

진유검의 살기가 사방을 휘감자 그를 환대하기 위해 도열했던 루외루의 무인들은 갑작스러운 상황 변화에 당황하면서도 그 기세를 감당하지 못해 연신 뒷걸음질 쳤다.

공손후를 중심으로 점잔을 빼고 있던 루외루의 수뇌부

또한 몹시 당황했다.

"어, 어째서? 혹여 실수라도 한 것이냐?"

공손규가 환종에게 다급히 물었지만 바로 곁에서 자리를 지키고 있던 환종 또한 영문을 알 길 없었다.

"그것이……."

당황한 환종이 식은땀을 흘리며 머뭇거릴 때 공손창이 코웃음을 쳤다.

"흥! 우리의 기를 죽여보고자 함이 아니겠습니까? 함께 싸우게 되었다고는 하나 솔직히 불편한 관계이기도 했지요."

"주도권을 잡고자 하는 이유도 있을 것입니다."

유운곤이 맞장구를 쳤다.

"그런 것치고는 살기가 너무 짙군. 분위기가 영 심상치 않아."

착 가라앉은 눈빛으로 진유검을 살피던 조유유가 조용히 말했다.

이명의 희생으로 겨우 목숨을 건진 후, 이를 악물고 치료에 전념했던 조유유. 안색은 과히 좋다고는 할 수 없을 정도로 핼쑥하고 파리했지만 형형한 눈빛만큼은 이미 그가 과거의 무위를 회복했음을 보여주고 있었다.

"무엇이 되었든 상관은 없습니다. 설마하니 싸움을 하자는 것을 아닐 테니 기다려 보지요."

공손후가 팔짱을 끼며 짐짓 여유로운 미소를 지었다. 하나 내심은 미소만큼 여유롭지는 않았다. 그 역시 진유검이 무슨 의도를 가지고 그런 행동을 하는지 이해를 하지 못했기 때문이었다. 다만 단우 노야라는 큰 적을 앞둔 상황에서 최악의 수를 두지 않으리라는 믿음을 지니고 있기에 별다른 조치를 취하지 않는 것뿐이었다.

문제는 상황이 그렇게 간단하지가 않다는 것이다.

누구보다 그것을 정확히 파악하고 있는 사람은 진유검의 시선과 마주했던, 그를 돌변하게 만든 중년인이었다.

중년인, 결정적인 순간에 무황성을 배신하여 남궁세가를 멸문에 이르게 하고 무황성에 엄청난 피해를 안긴 전 형산파 문주 번강은 처음부터 지금의 자리가 마음에 들지 않았다. 불안했다. 아무래도 무황성 인물들과 마주하기가 영 그랬다. 특히 수호령주가 자신을 발견하면 어떤 행동을 할지 가늠키 어려웠다. 해서 자신의 입장을 고려해 달라는 청을 올렸다.

다만 그런 청을 받은 사람이 진유검에게 누구보다 유감이 많은 공손창이라는 것이 문제였다.

번강의 의견은 당연히 무시되었고 오히려 진유검을 조롱할 수 있는 기회라 여겨 반드시 참가하라는 명까지 내릴 정도였다.

그 결과가 이랬다. 진유검은 번강을 발견하자마자 운중산 전체를 뒤덮을 만큼 무시무시한 살기를 내뿜으며 달려들었고 그가 할 수 있는 것이라곤 살기 위한 최후의 발버둥뿐이었다. 물론 부질없는 짓이었다.

당황을 했다고는 해도 명색이 형산파의 문주였던 번강은 진유검의 오 초를 받아내지 못하고 무너졌다.

손에 들렸던 검은 산산조각이 났으며 연화장을 온몸으로 받아낸 번강은 고통을 감당하지 못해 허리를 꺾으며 검붉은 피를 토해냈다.

진유검이 손을 뻗어 그의 목을 틀어쥐었다.

치명타를 당한 번강의 몸이 축 늘어진 채 진유검의 손에 매달렸다.

"그만두게."

진유검이 번강에게 달려들자마자 즉시 움직인 갈천상이 진유검의 손을 잡고 소리쳤다.

"이게 무슨 짓이냐!"

"이런 개 같은! 감히 루외루를 무시하는가!"

"우리의 호의를 이렇게 짓밟고도 동맹을 논하려 하다니!"

어느새 주변을 에워싼 루외루의 수뇌들이 분노의 일갈을

토해냈다.

진유검은 축 늘어져 체념의 눈빛을 하고 있는 번강과 루외루의 수뇌들을 힐끗 바라보며 냉소를 지었다.

"호의? 무시? 어떤 게 호의고 어떤 게 무시란 말이오?"

"다짜고짜 공격을 하고도 그런 망발인가?"

공손규가 노기 띤 얼굴로 소리쳤다. 무황성과 적대시하지 않는 것은 물론이고 반드시 동맹을 맺어야 하는 상황이긴 하지만 이런 식의 무례는 용납할 수 없었다.

"호의를 보이고자 했다면 최소한 이런 인간의 낯짝은 보여선 안 된다고 보오만."

진유검이 번강의 목줄을 더욱 강하게 옥죄며 말했다.

"그게 무슨……."

진유검의 말뜻을 이해하지 못한 공손규가 당황할 때 강남대회전이 벌어질 당시 번강이 진유검과 무황성의 뒤통수를 쳤다는 것을 떠올린 공손후는 아차 싶었다.

무황성과 꼭 동맹을 맺어야 하는 처지가 우습기도 하고 자존심도 상하기도 하여 그에 대한 반발심으로 일을 키운 것이 이런 결과로 돌아올 줄은 몰랐다. 그야말로 최악의 수가 되고 만 것이다.

"부디 진정하세요. 분명 착오입니다. 수호령주와 무황성을 무시하고자 할 이유가 없지 않습니까?"

공손예가 새하얗게 질린 표정으로 말했다.

착오니 오해이니 해도 번강을 이 자리에 나서게 했다는 것은 분명 진유검과 무황성에 대한 분명한 실수였다.

"예아의 말이 맞네. 다른 뜻은 없을 것이야. 자네의 심정을 이해하지 못하는 것은 아니나 이는 명백한 실수야."

여전히 진유검의 팔목을 잡고 있는 갈천상이 한숨을 내쉬며 말했다. 내심으론 일처리를 제대로 하지 못해 자신을 이토록 초라하게 만든 이들에 대한 화가 불같이 치밀었다.

"실수… 라는 겁니까?"

진유검이 살짝 손목을 비틀어 갈천상의 손을 떼어내며 물었다.

"실수네. 분명 실수일 것이야."

황급히 고개를 끄덕인 갈천상이 뒤를 돌아보며 말했다. 자신의 말에 힘을 보태라는 뜻이었다.

결국 공손후가 나설 수밖에 없었다.

"과거의 일은 유감이오. 그에 대한 수호령주의 감정도 충분히 이해하오. 두 사람의 관계를 제대로 헤아리지 못한 우리의 실수요. 사과드리겠소. 하니 이만 화를 푸시오."

공손후의 사과에 곳곳에서 동요가 일었다.

번강의 정체를 확인하고 분기탱천했던 무황성의 무인들은 루외루의 수장이 정중히 사과를 하는 모습에 분노를 다소 누그러뜨리는 모습이었고 루외루의 무인들, 특히 공손후 주변의 수뇌들은 아무리 동맹이 필요하다고 해도 꼭 그렇게까지 해야 하는지 불만스러운 표정이 가득했다.

어쨌든 루외루 수장의 사과로 급박하게 고조됐던, 일촉즉발의 상황은 해결되는 듯했으나 모든 일이 그렇게 간단하지는 않았다.

"실수라는 것은 납득할 수 있습니다. 루외루에서 일부러 우리를 도발할 이유는 없을 테니까요."

"이해해 주니……."

"그렇지만 사과를 받아들이진 않겠습니다."

진유검의 선언에 다들 멍한 표정이 되었다.

"사과를 받아들이게 되면 이자를 그냥 놔줘야 하지 않겠습니까?"

번강을 잡고 있는 손에 힘이 실렸다. 숨통이 막힌 번강의 몸이 꿈틀댔다.

"문제는 제게 그럴 마음이 조금도 없다는 겁니다. 그냥 넘어가기엔 이자로 인해 목숨을 잃은 이들의 한이 너무도 깊습니다."

"그렇게 따지자면 그대의 손에 피를 흘린 우리 쪽 아이들의 수가 훨씬 많지 않겠소? 과거는 과거일 뿐. 제대로 판단하시오."

생각지도 못한 강경한 반응에 공손후의 음성도 절로 차가워졌다.

"다른 걸 다 떠나서 배신자는 그냥 두고 보는 성격이 아니라서요."

"동맹, 없었던 말이 될 수도 있소."

경고와 함께 공손후의 전신에서 날카로운 기세가 뿜어져 나왔다.

"어쩔 수……."

진유검이 눈빛에 살기가 감돌았다.

"없.겠.지.요."

진유검이 말을 내뱉을 때마다 폭풍과도 같은 기세가 사방에 휘몰아치고 그 폭풍이 사그라들었을 때 꿈틀대던 번강의 몸이 축 늘어졌다.

"음."

공손후가 착잡한 표정으로 숨이 끊긴 번강과 자신에게 시선을 고정하고 있는 진유검을 바라보았다.

"맙소사!"

"저, 저런 미친!"

비명과도 같은 탄식이 루외루는 물론이고 무황성의 진영에서도 흘러나왔다.

진유검의 태도가 워낙 강경하여 혹시나 하는 불안감을

품고는 있었지만 설마하니 진짜로 번강의 숨통을 끊어버
릴 줄은 몰랐다는 듯 모두가 할 말을 잃었다.

"결… 국 저질렀군."

공손후의 음성엔 이번 일이 자신의 명에 의해 일어난 것
이라는 후회, 자신의 경고에도 불구하고 서슴없이 번강의
목을 꺾어버린 진유검에 대한 분노, 당연히 동맹을 끊어야
함에도 상황이 그렇게 할 수 없다는 것에 대한 착잡함 등
온갖 감정이 뒤섞여 있었다.

"답변을 기다리겠습니다."

무심한 몇 마디 말과 함께 고개를 숙인 진유검이 몸을 돌
렸다.

그의 뒷전으로 루외루를 무시한 대가를 치르게 해야 한
다는 말들이 곳곳에서 들렸지만 이내 사그라들었다.

진유검이 발걸음을 돌리자 천마신교의 무인들은 두말하
지 않고 그의 뒤를 따랐으나 루외루와의 동맹이 얼마나 중
요한 일인지 잘 알고 있는 무황성의 무인들은 쉽게 발걸음
을 떼지 못했다. 하지만 진유검이 무황성을 대표하고 있기
에 어쩔 수 없이 발걸음을 돌려야 했다.

숙적과도 같았던 무황성과 루외루의 동맹.

대대적인 환영 인사로 시작은 좋았으나 짧은 만남 후, 남
은 것은 차갑게 식은 시신 한 구와 선택을 강요받게 된 공

손후의 고뇌뿐이었다.

* * *

"수호령주가 운중산에 도착했습니다."

"벌써? 내일은 되어야 한다고 하지 않았느냐?"

북리파는 단우 노야의 질책에 식은땀을 흘렸다. 단우종이 조심스레 나섰다.

"아무래도 사공세가의 지원군이 몰살한 일 때문에 서두른 것 같습니다. 조금 빠르긴 했지만 예상 범위 안이었습니다."

북리파를 힐끗 노려본 단우 노야가 가볍게 고개를 끄덕였다.

"상관은 없겠지. 운중산이 놈들의 무덤이 되는 것은 변함이 없는 것일 테니."

무덤이란 말을 할 때 번뜩이는 단우 노야의 눈빛에 북리파는 몸서리를 쳤다. 붉다 못해 핏빛으로 변해 버린 단우 노야의 눈에서 흘러나오는 기운은 도저히 인간의 안광이라 할 수 없을 정도로 섬뜩했다.

"산주는 어디에 있느냐?"

"운중산 북쪽 기슭에 은밀히 몸을 숨기고 할아버님의 명을 기다리고 있습니다."

단우종이 대답했다.

"다른 녀석들은?"

"지난밤에 모두 도착하였습니다."

"얼마나 된다고 했지?"

단우종을 대신해 북리파가 대답했다.

"백오십이 조금 못 되는 것으로 압니다."

진유검이 이끌고 오는 무황성의 지원군과 비교해 그다지 많은 수라고 할 수는 없지만 빙마곡의 많은 병력으로도 나름 고전을 했던 강북무림 연합을 간단하게 무너뜨린 산외산의 정예였다. 그들을 은밀히 빼 오느라 빙마곡에서 들인 공은 이루 말할 수 없을 정도였다. 게다가 그들을 이끌고 있는 산외산주를 비롯해 산외산의 수뇌들은 가히 일당백의 고수들이었으니 실로 막강한 전력이라 할 수 있었다.

"네 녀석의 수하들까지 한다면 대충 사백은 되는구나."

"그, 그렇습니다."

단우 노야가 단우종에게 시선을 돌렸다.

"놈들의 인원이 얼마나 된다고 했지?"

"무황성과 천마신교, 루외루의 전력을 합친다고 가정했을 때 대략 오백 정도가 됩니다. 인원은 다소 부족합니다만 그 차이가 크게 걱정할 정도는 아니라고 봅니다. 게다가 무황성의 중추라 할 수 있는 사공세가가 사실상 무너진 상황에서 무황성의 전력은 결코 위협적일 수 없습니다. 교주가 불참한 천마신교는 논할 가치도 없습니다. 다만 루외루의 전력만큼은 분명 경계를 해야 할 것입니다. 그동안 많은 피해를 본 것은 틀림없는 사실이나 그 저력까지 사라진 것은 아닐 테니까요."

"제법이구나."

단우 노야가 피식 웃었다. 단우종의 설명이 제법 마음에 드는 듯했다.

"그까짓 머릿수는 아무런 의미가 없다. 어차피 이 싸움은 노부와 그 어린놈과의 싸움에서 결정이 날 테니까."

진유검을 떠올리자 미간이 살짝 찌푸려졌다.

단전 어귀에서 통증도 밀려들었다.

상처가 완벽하게 치료된 지금 고통은 있을 수 없는 것이었지만 그때의 그 치욕스러운 느낌과 고통은 뇌리에 각인되어 영원히 잊히지 않을 것이었다.

"오늘 밤, 놈에게 진 빚을 갚을 것이다. 그리 알고 준비를 해라. 산주에게도 명을 전하고."

"예, 할아버님."

단우종이 힘주어 대답했다.

"북리파."

"예, 사부님."

"준비하란 것들을 본좌의 처소로 보내라."

"알… 겠습니다."

고개 숙여 대답하는 북리파의 입술이 살짝 일그러졌다.

'정혈을 흡수하는 시간이 점점 짧아지고 있다. 이러다 정말 괴물이… 빌어먹을! 이미 괴물이군.'

북리파는 단우 노야에게 제물로 희생될 여인들과 자신의 신세가 크게 다르지 않음을 자조하며 천천히 물러났다.

*         *         *

루외루의 본진이 머물고 있는 분지에서 남서쪽으로 대략 십여 리.

진유검이 이끌고 있는 무황성과 천마신교의 무인들은 삼삼오오 모여 앉아 최대한 편안한 자세로 휴식을 취하고 있었지만 표정은 그리 밝지 않았다. 어쩌면 무림의 운명을 결정할 동맹이 예상치 못한 상황으로 인해 깨질 우려가 있었기 때문이었다.

"아직이오, 령주?"

신도세가를 이끌고 있는 신도설이 진유검이 앉아 있는 떡갈나무 그늘 아래로 다가오며 물었다.

"예, 아직입니다."

진유검이 슬쩍 웃으며 대답했다.

"결정을 못 내리는 듯싶군요."

항정이 쓴 웃음을 지으며 자리를 내주자 신도설은 사양하지 않았다.

"쉽지는 않겠지요. 그런 망신을 당했으니. 시간이 조금 걸리지 않겠습니까?"

"조금 전, 공손 소저가 보내온 소식에 의하면 루외루의 수뇌부들이 양쪽 의견으로 나뉘어서 치열하게 논쟁을 하는 모양입니다."

문청공이 신도설에게 술잔을 내밀며 말했다.

"양쪽이라면……."

"동맹을 깨자는 쪽과 그렇지 않은 쪽이지요."

"허! 동맹을 깨자는 인간도 있답니까?"

단순에 술잔을 비운 신도설이 어이가 없다는 듯 되물었다.

"있으니까 시간이 걸리는 것 아니겠습니까?"

"멍청한 위인들이군요. 그저 적당히 사과를 요구하는 정도가 최선인 것을."

신도설은 사과라는 말을 꺼내며 슬며시 진유검의 눈치를 살폈다. 애당초 공손후의 요구대로 사과를 하지 않았기에 이런 사달이 났음을 의식한 것이다. 또 루외루가 막상 사과를 요구했을 때 진유검이 어찌 반응할지 자신도 없었다.

"어쨌거나 그들이 선택할 수 있는 것은 하나뿐입니다."

신도설보다 한걸음 늦게 도착한 이화검문의 문효가 섭선을 펼치며 말했다.

"저들이나 우리나 외통수에 몰려 있는 상황이니까요. 동맹을 깰 수는 없을 것입니다."

문효의 말에 다들 고개를 끄덕였다.

"노부도 같은 생각이네."

"결국 그렇게 되겠지."

"신도 선배님 말씀대로 저들이 요구할 수 있는 최대치라면 아마도 령주님의 사과일 터인데 그땐 어찌하실 겁니까?"

함께 고개를 끄덕이던 임소한이 진유검에게 물었다.

신도설과 문효, 천강십이좌들은 물론이고 아무래도 그들과 어울리기 껄끄러운 관계로 조용히 입을 다물고 술잔만을 기울이고 있던 악휘 역시 숨죽이고 진유검의 대답을 기다렸다.

"글쎄요. 저들이 어찌 결정할지 모르겠군요. 어쨌든 당시야 감정이 격해서 물러서지 않았으나 적당히 체면을 살려주는 것도 나쁘진 않겠지요."

진유검이 어깨를 으쓱거리며 말했다.

그의 말에 다들 안도의 한숨을 내쉬었다. 진유검이 끝까지 사과를 하지 않고 버틴다면 그 또한 난감한 일이기 때문이었다.

"빨리 결정을 내려줬으면 좋겠는데. 밤을 보내긴 썩 좋은 장소가 아니라서."

문청공이 어두워지는 하늘을 바라보며 한결 편해진 얼굴로 말했다.

"제가 공손 소저에게 연락을 해보겠습니다."

임소한이 진유검의 눈치를 살피며 천천히 자리에서 일어났다.

\*　　　\*　　　\*

"그게 무슨 소리냐? 놈들이 함께 있지 않다니?"

제물이 된 여인들의 정혈을 흠뻑 취해서 그런지 그 어느 때보다 활력 넘치는 모습으로 나타난 단우 노야는 단우종의 보고에 눈썹을 치켜세웠다.

"확실한 이유는 알 수 없으나 뭔가 틀어진 것이 틀림없습니다. 현재 수호령주가 루외루 진영에서 물러난 것으로 확인이 되었습니다."

"물러나? 그럼 돌아갔다는 말이냐?"

단우 노야가 짜증이 역력한 음성으로 질문을 하자 북리파가 얼른 대답했다.

"산을 완전히 떠난 것은 아니라 어느 정도 거리를 두고 있다고 합니다."

"흠, 그건 다행이구나."

"예?"

"일전에처럼 놈을 만나지 못하는 것은 아닌가 했다. 아무튼 놈을 이대로 보내지 않을 수 있어 다행이구나."

단우 노야가 한결 노기가 풀린 표정으로 말했다.

"하지만 잠시 추이를 지켜보는 것이 어떨까요?"

단우종이 조용히 끼어들었다.

"저들이 아예 등을 돌린다면 큰 힘을 들이지 않고 잡을 수 있지 않겠습니까? 퇴각하는 수호령주를 우선적으로 공격한다면 할아버님께서 원하는 모든 것을 쉽게 얻으실 수 있습니다. 자칫 선제공격을 하다가 놈들이 다시금 뭉칠 수 있는 빌미를 주어선 안 된다고 봅니다."

"그건 반대다."

북리파가 고개를 저었다.

"사형께선 다른 생각이 있으십니까?"

"저들이 어떤 이유로 반목을 하고 있는지는 모른다. 하지만 작금의 상황상 무황성과 루외루는 결코 갈라설 수 없어. 확실하게 각개격파할 수 있는 지금이 더 없이 좋은 기회라 본다."

"시간을 크게 지체하자는 것도 아닙니다. 그저 잠시 추이를 지켜보자는 것이지요. 한데 어째서 저들이 다시 뭉칠 수 있는 빌미를 주려는 것입니까?"

단우종이 답답한 얼굴로 묻자 북리파가 단호히 말했다.

"동맹이 깨질 일은 절대로 없으니까."

"확신하시는 겁니까?"

"시야를 넓게 보면 사제도 알 수 있을 거다. 저들의 동맹은 절대 깨지지 않아."

"명분만 주어지면 깨질 수도 있습니다. 루외루는 그렇다 쳐도 무황성은 능히 그럴 수 있는 자들입니다."

"상대는 무황성이 아니지. 수호령주다."

두 사람이 서로를 바라보는 눈동자에 힘을 주고 있을 때 팔짱을 끼고 대화를 듣던 단우 노야가 간단히 상황을 정리했다.

"공격은 예정대로 진행한다."

뭐라 반박을 하려던 단우종이 감히 입을 열지 못하고 침묵하자 북리파가 환한 얼굴로 물었다.

"어느 쪽입니까?"

단우 노야가 잠시 생각을 하다 탐욕스러운 눈빛으로 답했다.

"맛있는 음식은 남겨두는 것이 좋겠지."

*　　　　*　　　　*

"군사님."

"무슨 일이냐?"

산더미처럼 쌓인 전서구에 고개를 처박고 있던 제갈명은 자신을 부르는 소리에 고개도 돌리지 않고 물었다. 방해를 받은 것이 마음에 들지 않았는지 음성에 약간의 짜증이 묻어났다.

"성주님께서 오셨습니다."

맹주라는 말에 제갈명이 고개를 번쩍 들었다.

"성주께서?"

"예."

"어서 모셔라."

흩어져 있는 서찰을 정리하기 위해 분주히 움직여 보았으나 쉽게 정리될 양이 아니었다. 제대로 수습도 하지 못하는 사이 희천세가 방으로 들어섰다.

"뭘 치우고 있나. 그냥 놔두게."

희천세가 바삐 움직이는 제갈명을 향해 웃으며 손짓했다.

"하실 말씀이 있으시면 저를 부르시지 않고요."

제갈명이 멋쩍은 웃음을 흘리며 말했다.

"무황성에서 가장 바쁜 사람이 누구인지는 천하가 다 알고 있네. 함부로 오라 가라 할 수 있나. 게다가 딱히 공무로 온 것도 아닌데."

희천세가 슬그머니 술병 하나를 들어 올렸다.

임시라는 꼬리표가 붙어 있기는 하나 그래도 명색이 무황성의 성주라는 사람이 들고 다니기에 영 투박하고 무식할 정도로 큰 술병이었지만 그는 전혀 개의치 않고 조금 전까지 서찰로 가득 찼던 탁자에 자랑스럽게 그것을 올려놓았다.

"웬 술입니까?"

제갈명이 조금은 질린 표정으로 물었다.

"두견주(杜鵑酒)일세. 올 봄에 담갔다고 하던데 향도 그렇고 맛이 아주 깔끔한 것이 괜찮더군. 혼자 마시자니 영 아쉬워서 오랜만에 자네와 한잔할까 하고 왔네."

이미 어느 정도 취기가 올라 있던 희천세가 기분 좋게 웃으며 자리에 앉았다.

제갈명은 그런 희천세를 보며 조용히 미소 지었다.

두견주의 향과 맛이 좋다는 것은 아마도 핑계일 터. 진짜는 늦은 오후, 서북무림에서 보내온 승전보를 축하하기 위함일 것이었다.

"아직 할 일이 많은가?"

희천세가 아직 자리에 앉지 않은 제갈명을 올려다보며 물었다.

"아닙니다. 다 끝났습니다."

제갈명이 자리에 앉자 기다렸다는 듯 잔이 날아들었다.

"마셔보게. 아주 괜찮아."

"감사합니다."

제갈명은 사양하지 않고 연거푸 몇 잔의 술을 들이켰다.

희천세의 말대로 입안 가득 맴도는 향도 향이지만 새벽이슬처럼 맑은 끝 맛이 일품이었다.

"좋군요. 저도 두견주라면 여러 번 맛을 본 적이 있는데 이것이 단연 최고인 것 같습니다."

"그렇지? 노부도 그렇다네. 이 정도의 술은 먹어본 적이 없어."

제갈명의 반응이 기쁜지 술잔을 드는 희천세의 얼굴이 환하게 폈다.

그렇게 잔을 주고받으며 몇 순배가 더 돌고 그 큰 술병이 바닥을 드러낼 때였다.

"야수궁과 마불사는 진즉에 해결이 되었고 이번 승리로 낭인천까지 해결이 되었다고 봐도 되겠지?"

제갈명이 가만히 잔을 내려놓았다.

"회의실에서도 말씀드렸다시피 낭인천의 주력을 괴멸시켰으니 어느 정도는 그렇다고 말씀드릴 수 있습니다."

"그래, 그랬지. 아까 설명을 다 들었으면서도 또 확인하게 되는군. 정말 의미 있는 승전보였어."

희천세는 승리의 기쁨과 온갖 회한이 담긴 표정으로 마지막 술잔을 응시하다 천천히 입으로 가져갔다.

"그만큼 중요했으니까요. 수호령주가 개입하지 않은 곳에서의 큰 승리잖습니까?"

희천세가 쓰게 웃으며 고개를 저었다.

"완전히 개입하지 않은 것은 아니지. 초반에 타격을 준 것은 역시 수호령주였어."

"따지고 보면 그도 그렇군요. 그 덕에 놈들이 초조함을 이기지 못하고 무리한 공격을 하다 저리되었으니까요. 그래도 놈들의 심리를 제대로 이용해 치명타를 날린 이들의 공이 폄하되어서는 안 될 것입니다. 또 사공세가의 지원군이 큰 역할을 했고요."

"물론이지. 그리고 사공세가의 무인들에겐 정말 고맙고도 미안하기만 하다네. 본가의 참사 소식을 듣고도 그런 활약을 보여주었으니 말일세. 상심이 보통이 아니었을 텐데."

제갈명이 무겁게 고개를 끄덕였다.

"누가 뭐라 해도 무황성의 중심이 사공세가임을 다시금 보여줬다고 할 수 있지요."

"이제 남은 싸움은 하나뿐이군."

"예. 사실상 그 싸움으로 모든 것이 결정될 것입니다. 무림의 운명이 걸린 싸움이지요."

"강북무림 연합군이 산외산에 당했다는 소식을 듣고 어찌나 놀랐던지. 산동을 중심으로 한 여러 무가와 무인들의 도움이 없었다면 정말 큰일 났을 것이네. 그들이 버텨주고 있기에 그나마 힘의 균형이 맞춰지고 있으니 천만다행이야."

"그래도 일전에 당한 수는 정말 뼈아팠습니다. 산외산의 수뇌들이 은밀히 이동을 했을 줄은 상상도 못 했습니다."

제갈명은 정보를 관장하는 수장으로서의 책임을 통감하며 한숨을 내뱉었다.

산외산 수뇌들의 움직임을 놓치는 바람에 루외루를 돕기 위해 이동하던 사공세가의 주력이 모조리 몰살을 당하고 말았다. 이는 그동안 적의 공격에 당했던 모든 피해와 비교해 봐도 그 무게감에서 당연히 으뜸이라 할 수 있을 정도로 충격적인 일이었다.

"혹, 이번에도 그런 일이 벌어지는 것은 아니겠지?"

말을 꺼내면서도 불안한지 회천세의 붉게 달아오른 얼굴이 검게 물들었다.

제갈명이 날카로운 눈빛을 번뜩이며 단호히 고개를 흔들었다.

"놈들의 움직임을 이중, 삼중으로 철저하게 살피고 있습니다. 특히 산외산 병력의 이동을 예의 주시하고 있습니다. 지금껏 별다른 특이 사항은 없다고 하는 것을 보면 그리 걱정하지 않으셔도 될 겁니다."

"그렇다면 다행이긴 하네만 지난 일도 있고 어째 영 불안하군."

"그때야 시기상으로 예상치 못했기도 했고 또 몰래 움직인 인원이 비교적 소수인지라 파악을 하는 것이 어려웠습니다. 하지만 지금은 다릅니다. 놈들과 대치하고 있는 이들이 전력을 다해 그들의 발을 묶고 있습니다. 결코 쉽게 움직일 상황이 아닙니다. 설사 우리의 눈을 속이려 한다고 해도 그물처럼 촘촘한 감시망에 반드시 걸리게 되어 있습니다. 지난번과 같은 실수는 절대로 없습니다. 하니 너무 걱정하지 마십시오."

실수는 한 번으로 족하다. 두 번의 실수는 곧 무능을 증명하는 것. 제갈명의 단호한 표정에 그제야 마음이 놓인 듯 딱딱하게 굳었던 희천세의 표정도 풀어졌다.

방문이 부서질 듯 요란하게 열린 것이 바로 그 시점이었다.

구겨진 서찰을 들고 방 안으로 뛰어든 동황을 보며 제갈명은 뭔가가 잘못되고 있음을 직감했다.

"무… 슨 일인가?"

제갈명의 음성이 살짝 떨렸다.

"산외산의 병력이… 놈들이……."

덜덜 떨리는 손길로 서찰을 내려놓는 동황은 차마 말을 잇지 못했다.

'맙소사!'

제갈명의 두 눈이 질끈 감겼다.

뒷말을 듣지 않아도 이미 하고자 하는 말은 뻔했다.

결정적인 순간, 결코 있어선 안 되는 실수가 다시금 터져 나온 것이다.

88장

운중산(雲中山) 전투(戰鬪)

"공, 공손 소저께서 직접 오셨습니까?"

지금껏 공손예와 무황성의 가교 역할을 하던 전령 대신 공손민이 직접 모습을 드러내자 어조인의 눈이 동그래졌다.

"중요한 일이니까요. 결론도 나지 않은 상황에서 다른 사람을 통해 연락하기도 애매하고. 딱히 제가 할 일도 없고요. 그쪽은 어때요? 유검 오라버니께선 별다른 말을 하진 않던가요?"

독고무 덕분에 진유검과 나름 돈독한 친분을 쌓은 공손

민은 진유검의 이름을 거론하는 데 스스럼이 없었다.

"사과를 하실 의향이 있다고 하셨습니다."

"사과요? 유검 오라버니가요?"

공손민이 반색을 하며 되물었다. 무황성에서 지켜본 진유검의 성정상 지금 같은 상황에선 어지간하면 사과를 받기 힘들다고 생각했기 때문이었다.

"예."

"확실한가요?"

"일단은 그렇습니다."

"다행이네요. 유검 오라버니가 사과를 하실 의향이 있다면 꽉 막혔던 문제의 해법이 보이겠어요."

상기된 얼굴로 고개를 끄덕이던 공손민의 눈매가 일순 매서워졌다.

"어차피 이럴 거면 아까 사과를 했으면 좋았잖아요. 굳이 일을 이렇게 크게 만들 필요도 없고."

어조인이 멋쩍은 미소를 흘렸다.

"당시야 분위기가 그랬지요. 자존심이라는 것도 있고."

"흥! 그깟 자존심이 뭐라고. 아무리 생각해도 남자들은 참 이해하기 힘들어요."

"하하! 뭐, 그렇지요."

딱히 대꾸할 말이 없었던 어조인은 진유검만큼이나 자존

심이 강한 독고무를 떠올리며 슬며시 웃음을 흘렸다.

'자존심 세기는 그분도 만만치 않을 겁니다.'

"아무튼 다행이네요. 이제라도 얘기가 잘될 것…….'

밝은 표정으로 입을 열던 공손민의 얼굴이 갑자기 굳었다.

"무슨…….'

"쉿!"

갑작스러운 변화에 어조인이 의문을 표할 때 공손민이 그의 팔을 잡아끌며 상체를 숙였다.

공손민의 시선을 따라 고개를 돌리던 어조인은 어둠 속에서 수풀을 헤치며 이동하는 수상한 무리를 확인하곤 헛바람을 들이켰다.

"무황성이 움직일 일은 없겠죠?"

공손민이 긴장된 음성으로 물었다.

"무, 물론입니다.'

"그렇다면 적이군요.'

"적이라면…….'

"이렇듯 은밀하게 움직일 적이라면 오직 하나뿐이지요.'

공손민의 눈가에 살기가 맴돌았다.

"단우 노야?"

공손민이 고개를 끄덕였다.

"기습… 일까요?"

"아마도요. 빨리 가서 알려요."

그 말을 끝으로 공손민은 즉시 몸을 날렸다.

왔던 길로 되돌아갈 수는 없었다. 그곳에 이미 적으로 보이는 자들로 가득했다.

공손민은 선택한 방향은 산 아래쪽이었다.

적들과 직접 충돌을 하고 소란을 피워 루외루의 본진에 적의 출현을 알릴 수도 있었지만 거리상 아군이 눈치채지 못할 가능성이 많았고 만약 단우 노야와 직접 부딪친다면 기습 자체를 알리지 못할 가능성도 있었다. 지금은 밑으로 우회를 하더라도 어떻게든 적의 기습을 알리는 것이 중요했다.

'저들이 이토록 은밀히 움직일 수 있었다면 주변의 척후는 이미 모조리 제거되었다는 뜻이야. 늦으면 안 된다. 최대한 빨리.'

전력을 다해 경공을 펼치는 공손민의 얼굴엔 초조함이 가득했다.

"려, 령주님!"

공손민과 헤어진 후, 죽을힘을 다해 달린 어조인은 일각이 지나지 않아 진유검 일행이 쉬고 있는 곳에 도착할 수 있었다. 사실 마음만 먹는다면 조금 더 빨리 도착할 수도 있었겠지만 혹여라도 적의 척후가 있을까 신중을 기하느라 시간이 다소 지체된 것이다. 그럼에도 마치 목욕이라도 한 듯 전신이 땀으로 흠뻑 젖었다.

비명과도 같은 외침을 터뜨리며 도착한 어조인에게 모두의 시선이 쏟아졌다. 그의 기색에서 뭔가 심상치 않음을 느낀 문천공이 재빨리 소리쳤다.

"무슨 일이냐?"

"저, 적입니다. 적이 나타났습니다."

"적… 이라니?"

난데없는 소리에 의아해 하던 문청공이 설마 하는 표정으로 두 눈을 부릅떴다.

"설마 루외루 놈들이 공격을 해왔단 말이냐?"

"아닙니다."

"그럼 뭐냐? 어서 말을 해라."

문청공이 언성을 높였다.

"적의 정체는 확실히 알 수 없으나 상당한 무리가 루외루의 본진을 향해 이동하는 것을 확인했습니다."

"루외루를 향했다고? 틀림없느냐?"

"그렇습니다. 공손 소저가 은밀히 이동하는 놈들을 발견하였습니다."

"그녀는 어디에 있지?"

공손예, 공손민 자매와 제법 친분을 나누었던 여우희가 황급히 물었다.

"제게 적의 기습을 알리라 말하곤 곧바로 돌아갔습니다."

무거운 표정으로 일어선 진유검이 숨을 몰아쉬는 어조인에게 물었다.

"루외루를 노릴 정도의 적이라면 단우 노야와 산외산 정도뿐이겠지. 한데 그동안의 정보대로라면 단우 노야와는 거리가 제법 있다고 하지 않았던가?"

"그렇긴 합니다만……."

"하긴, 산동에 있다던 산외산주가 사공세가를 전멸시킨 일이 며칠 전이니까."

진유검이 무황성의 정보력을 불신하는 듯하자 어조인은 가슴이 쓰렸다. 뭐라 반박을 하고 싶었으나 이미 결과로 드러난 것이기에 할 말이 없었다.

"일이 급하게 되었습니다, 령주님."

"당장 지원을 가야 하지 않겠습니까?"

문청공과 항정이 상기된 얼굴로 말했다.

"하지만 동맹이……."

신도설이 미간을 찌푸리며 말끝을 흐리자 항정의 눈매가

매서워졌다.

"지금 동맹이 문제인가? 동맹이 깨질 수 없다는 것은 모든 사람이 다 알고 있네. 다만 서로 간의 자존심 문제 때문에 잠시 어긋난 것일 뿐."

항정이 진유검을 향해 고개를 돌렸다.

"루외루를 도와야 합니다."

진유검은 두말하지 않고 고개를 끄덕였다.

"바로 출발하도록 하지요."

결정을 내린 진유검이 주변에 모여든 수뇌들을 둘러보며 말했다.

"놈들이 우리의 존재를 모를 리가 없습니다. 지원을 끊기 위해서라도 반드시 매복이 있다고 봅니다. 제가 선두에 서겠습니다. 후미는 천마신교에 맡기지요."

악휘가 가슴을 탁치며 말했다.

"확실히 책임지도록 하겠습니다."

"문제는 부상자들인데……."

진유검이 아직 부상에서 회복을 하지 못하고 있는 전풍과 사마단을 바라보며 미간을 찌푸렸다.

생사를 걸어야 할 큰 싸움을 앞둔 지금 제대로 운신하기도 힘든 이들을 데리고 가기도 뭐했고 그렇다고 후미에 남겨두자니 영 마음이 놓이지 않았다. 만약 적이라도 만난다면 지금 상황에선 꼼짝없이 당할 터였다. 그렇다고 둘을 위해 많은 인원을 빼는 것도 무리였다.

"같이 갈 겁니다."

진유검의 생각을 눈치챈 전풍이 큰 목소리로 말했다.

"움직일 수 있겠냐?"

"싸움에 참여할 정도는 아니나 여차하면 도망갈 정도는 됩니다."

전풍의 말이 끝나기가 무섭게 단우린이 나섰다.

"사마 숙부는 제가 책임질게요."

진유검이 내키지 않는, 걱정이 가득 담긴 표정으로 바라보자 단우린은 입술을 꼬옥 깨물고 말을 이었다.

"우리는 반드시 가야 하는 이유가 있어요. 아시잖아요. 그리고……."

제대로 말을 잇지 못하는 그녀의 표정과 음성엔 불안감이 가득했다.

단우 노야가 왔다면 산외산주도 움직였을 것이고 필연적으로 진유검과 검을 맞대야 하는 상황이 닥칠 것이다. 차라리 실력 차가 커서 쉽게 싸움이 끝나면 다행이겠지만 두 사람의 실력을 감안했을 때 그리될 가능성은 희박했다. 최악의 경우 누군가는 목숨을 잃을 수도 있음을 각오해야했다. 그녀에겐 감히 상상할 수도 없는 끔찍한 일이었다.

진유검도 그녀의 심정을 모르지 않았다.

"알겠습니다. 소저의 생각이 그렇다면 어쩔 수 없는 것이 겠지요. 어쨌거나 가급적 안전한 곳에서 이동을 하는 것이 좋겠습니다. 악 장로님."

"예, 공자."

"두 사람을 부탁하겠습니다."

"그러지요."

고개를 끄덕인 악휘가 눈짓을 하자 천마신교의 무인들이 전풍과 사마단, 단우린을 향해 걸어왔다.

단우린이 진유검과 함께 움직이고 싶다는 간절한 눈빛을 보냈지만 진유검은 단호히 고개를 흔들고 잠시 시선을 교환하다 몸을 돌렸다.

"최대한 서두른다."

짧은 명령과 함께 진유검이 루외루의 본진을 향해 내달리자 천강십이좌와 무황성의 무인들이 그 뒤를 따랐고 약간의 시간 차를 두고 천마신교의 무인들까지 이동하기 시작했다.

무림의 운명을 결정지을 싸움은 그렇게 시작됐다.

\*　　　　\*　　　　\*

'다 왔다.'

적의 기습을 눈치채고 산 아래쪽으로 우회한 공손민의 눈동자에 안도의 빛이 스쳐 지나갔다.

멀리 보이는 화톳불의 불빛에 흔들림이 없고 별다른 소음도 들리지 않는 것을 보면 아직 적의 공격이 시작되지는 않은 것 같았다. 그래도 공격이 임박한 것은 틀림없는 상황인지라 심장은 거칠게 요동치고 있었다.

'지원군이 제때에 와줘야 할 텐데.'

불빛을 향해 정신없이 내달리던 공손민이 문득 어조인을 떠올렸다.

루외루 단독으로 단우 노야의 공격을 막는다는 것은 사실상 불가능한 일이었고 수호령주와 지원군들이 지금의 상황을 얼마나 빨리 눈치채고 지원을 오느냐에 따라 이번 싸움의 승패가 결정 날 가능성이 컸다.

'설마 실패하는 것은 아니겠지?'

어조인이 적의 척후에게 발각되어 루외루의 위기를 전하지 못할 수도 있다는 생각이 들자 전신에 오한이 밀려들었다.

'바보같이 무슨 생각을!'

애써 고개를 흔들며 불안한 생각을 지우던 공손민의 눈동자가 차갑게 빛났다. 동시에 신형이 갑자기 땅으로 꺼지

듯 했다.

파스스슷!

은밀한 파공성과 함께 그녀의 머리카락이 무수히 잘려 나갔다.

찰나의 순간에 허리를 젖혀 암습을 피해낸 공손민이 황급히 자세를 바로 하며 자신을 공격한 상대를 찾았다.

적은 스스로의 실력에 자신이 있는 것인지 아니면 공손민이 자신의 공격을 피해낸 것에 대한 호기심인지 모를 표정을 지으며 그녀 앞에 나타났다.

"귀여운 아가씨가 반응도 무척 빠르네."

느물거리면서 다가오는 사내는 단우종의 밀명을 받고 척후들을 제거하며 루외루의 눈과 귀를 차단하고 있던 왕호였다.

"이런 이런. 하마터면 큰 실수를 할 뻔했군."

왕호는 차가운 눈초리로 쏘아보는 공손민을 보며 음흉한 웃음을 지었다.

처음에야 아무런 생각 없이 공격을 하였으나 자세히 살펴보니 참으로 보기 드문 미인이었다.

절로 음심이 돌았다. 그렇다고 지금 당장 어찌할 생각은 없었다. 루외루의 척후들을 제거하라는 명령은 여전히 유효했고 본격적인 싸움이 시작되면 자신도 참전을 해야 했다.

우선 제압을 한 뒤 나중에 다시 찾는다고 해도 큰 무리가 없다고 판단한 왕호가 다시금 공손민의 전신을 훑었다.

달빛을 받아 은은히 빛나는 눈부신 얼굴이며 하늘거리는 몸매의 자태가 보면 볼수록 탐이 났다. 그는 아랫배에서 불덩이가 치솟는 느낌에 입술을 혀로 핥았다.

욕정에 눈 먼 왕호와는 달리 공손민은 냉정하게 상황을 살피고 있었다.

눈앞의 색마가 고수인 것은 맞다. 하지만 감당하지 못할 정도는 아니다. 아니, 전해지는 느낌대로라면 어렵지 않게 제압을 할 수 있을 것 같았다. 다만 시간을 지체하면 적의 기습을 알리지 못할 가능성이 있다는 것이 문제였다.

'속전속결! 최대한 빨리.'

생각할 것도 없었다. 깊게 호흡을 마시며 검끝을 살짝 치켜 올렸다.

심연처럼 깊게 가라앉은 눈빛을 빛내며 움직이려는 찰나 운중산을 뒤흔드는 거대한 함성이 들려왔다.

맥이 탁 풀렸다.

허탈한 눈빛으로 검끝을, 그리고 검끝에 걸려 불길하게 흔들리는 불빛을 응시했다.

적의 공격을 알리기 위해 그토록 애를 썼지만 결국 늦고 말았다. 아무리 우회를 했다 해도 일각도 지나기 전에 기습을 시작됐다는 것은 적의 공격이 자신의 생각보다 훨씬 빠르고 은밀했음을 의미하는 것이다.

공손민이 허탈한 시선으로 왕호를 바라보았다.

왕호의 낯빛은 붉게 상기되어 있었다.

눈앞의 공손민 때문인지 아니면 이제 곧 피 튀기는 전장에 뛰어들 수 있기 때문인지는 몰랐지만 크게 흥분을 하고 있음은 틀림없었다.

'이자와 만나지 않았다면 가능했을까?'

아마도 불가능했을 것이다. 공격이 시작된 시점을 보니 최대한의 양보한다고 해도 거의 동시였다.

공손민의 입에서 탄식과도 같은 한숨이 흘러나왔다.

어쨌든 적의 기습은 시작되었다. 이제 자신이 할 수 있고 해야 할 일은 목숨을 걸고 전장에 뛰어드는 것이었다.

물론 그전에 해야 할 일이 하나 있었다.

공손민이 손에 쥔 검에 힘을 주었다.

그녀의 기도가 일변하고 그녀를 중심으로 엄청난 살기가 폭사되었다.

"헉!"

능글거리며 웃던 왕호가 두 눈을 부릅떴다.

왕호는 그제야 자신이 엄청난 착각을 하고 있음을 깨달았다. 눈앞의 상대는 귀여운 아가씨가 아니라 언제든지 자신의 목숨을 가져갈 수 있는 엄청난 고수였다.

'병신같이.'

공손민의 미모에 혹해 그녀의 실력을 제대로 파악하지 못했음을 자책해 봐도 이미 늦었다. 제대로 준비를 갖추기도 전 그녀의 공격이 쏟아져 들어왔다.

루외루에서도 다섯 손가락 안에 꼽히는 데다가 최근 독고무를 디딤돌(?) 삼아 진유검과의 만남을 성사시킨 공손민은 근래 들어 새로운 깨달음으로 실력이 급상승하고 있는 상태였다.

검을 휘두르는 그녀의 기세는 그만큼 가공했고 공격은 압도적이었다.

왕호가 새하얗게 질린 얼굴로 검을 들어 올렸으나 큰 의미는 없었다. 그저 죽음만을 기다릴 뿐.


"으악!"

운중산을 뒤흔드는 외마디 비명에 동맹을 이어가느냐, 깨느냐는 문제를 가지고 치열한 격론을 펼치고 있던 루외루 수뇌들의 낯빛이 딱딱하게 굳었다.

지금 상황에서 저런 비명이 의미하는 것은 하나뿐이다.

문제는 적이 누구냐는 것.

"내 이럴 줄 알았지. 처음부터 이럴 작정으로 일을 꾸민 것이야!"

동맹을 깨자는 쪽에서 논쟁을 주도했던 공손창이 불같이 화를 내며 소리쳤다.

"속단하지 말게. 단우 노괴가 이끄는 산외산……."

공손규가 재빨리 주의를 주려 했으나 공손창은 비웃음을 흘리며 그의 말을 끊었다.

"그들의 진영은 이곳에서 이틀 이상 떨어져 있다는 것을 아시잖습니까?"

"음."

공손규의 입에서 짧은 신음이 흘러나왔다.

반박할 말이 없었다.

저녁 무렵 환종의 보고에 의하면 단우 노야의 진영은 운중산에서 대략 이틀 거리에 위치해 있었다.

사공세가의 주력을 몰살시킨 산외산의 병력을 놓치기는 했지만 그들이 단독으로 루외루를 공격한다는 것은 어불성설. 결국 수호령주와 무황성이 동맹을 깨고 공격을 했을 가능성이 가장 높았다.

"그만하세요. 적이 누군지는 확인을 해보면 알 일입니다."

공손후가 천천히 몸을 일으켰다.

지금 회의실에 남아 있는 사람들은 그야말로 루외루의

가장 어른 몇뿐, 대다수 인원들은 비명 소리와 함께 이미 밖으로 뛰쳐나간 상태였다.

'수호령주가 동맹을 깼다? 이해할 수 없는 일이군.'

공손후가 미간을 잔뜩 찌푸렸다.

단우 노야라는 거대한 적을 앞둔 상황에서 동맹이 깨진 다는 것은 사실상 공멸을 하는 것과 같았기 때문이었다.

'믿기는 힘들지만 정말 그랬다면……'

공손후는 지금의 공격이 수호령주가 주도한 것이라면 결코 용서치 않으리라 다짐하며 전장으로 나섰다.

비명이 터지고 촌각도 흐르지 않았음에도 루외루의 본진이 진을 치고 있는 분지는 이미 완벽한 전쟁터로 변해 있었다.

적은 사방에서 밀려들고 있었고 완벽하게 기습을 당한 루외루의 무인들은 극도의 혼란 속에서도 비교적 빠르게 안정을 찾아갔다.

공손후가 모습을 보이자마자 환종이 하얗게 질린 얼굴로 달려왔다.

"빙마곡입니다. 산외산의 무인들로 보이는 자들도 다수 확인되었습니다. 죽여주십시오."

적들이 이틀 거리에 진을 치고 있다고 보고를 올린 지 채한 시진도 흐르지 않은 상황에서 갑자기 시작된 공격은 환종의 넋을 빼놓기에 충분했다. 이는 곧 그와 그가 이끄는 비상단이 지금껏 적의 눈속임에 완벽하게 농락당한 것이나 다름없었기 때문이었다.

"아무리 그래도 그렇지 저만한 인원이 공격을 하는데 어째서 눈치를 채지 못한 것이냐? 대체 경계를 서는 놈들은……."

호통을 치려던 공손규가 눈살을 찌푸리며 물었다.

"설마 모두 당한 것이냐?"

"아마… 도 그런 것 같습니다."

환종이 절망스러운 표정으로 고개를 끄덕였다.

"기습 작전에 있어 척후를 제거하는 것은 그야말로 기본이지요. 그래도 아쉽긴 하군. 누구 한 명이라도 놈들의 움직임을 우리에게 알려왔다면 초반 피해를 줄일 수 있었을 텐데."

공손후는 차가운 시신이 되어 쓰러진 수하들의 모습을 보며 한숨을 내쉬었다. 그러곤 이내 날카로운 눈빛으로 전장을 살폈다. 마치 누군가를 찾는 듯한 모습에 환종이 조심히 입을 열었다.

"단우 노괴의 모습은 보이지 않습니다. 아직 전면에 나선 것 같지는 않습니다."

"조무래기들은 상대할 필요도 없다는 거겠지. 오지 않는다면 내가 찾아가면 된다."

차갑게 웃은 공손후가 전장을 향해 걸음을 내디뎠다.

"멈추게."

공손규가 깜짝 놀라 공손후를 잡아 세웠다. 공손후가 고개를 돌리자 공손규가 무거운 표정으로 물었다.

"루주가 직접 그 노괴를 상대할 생각인가?"

공손후의 눈썹이 꿈틀거렸다.

"제가 아니면 누가 그를 상대하겠습니까? 설마 제가 노괴의 상대가 되지 못한다고 보십니까?"

조용한 반문임에도 목소리엔 불쾌감이 가득했다.

"그런 뜻이 아니라는 걸 알지 않나?"

"피할 수 없는 싸움입니다. 이 상황에서 어디로 피한단 말입니까? 아니, 피할 이유도 없지요. 저는 그자에게 갚아야 할 빚이 많은 사람입니다."

빚이라는 말에 단우 노야에게 무참히 희생당한 공손유와 공손은을 떠올린 공손규는 힘없이 팔을 늘어뜨렸다. 게다가 단우 노야를 감당할 수 있는 사람이 공손후뿐이라는 것도 사실이었다. 어쩌면 공손후가 단우 노야를 막는 사이 전력을 다해 적들을 쓰러뜨리는 것이 승리할 가능성이 가장높을 수도 있었다.

"저따위 노괴에게 절대로 지지 말게. 자넨 루외루의 루주야."

"물론입니다. 그래도 쉽게는 끝나지 않을 것 같습니다. 숙부께서 저를 대신해 전장을 이끌어주십시오."

"알았네."

신뢰 가득한 눈빛으로 서로를 바라보다 공손후가 먼저 몸을 돌렸다.

살짝 상기된 안색, 차갑다 못해 한기가 느껴지는 눈빛, 전신에서 피어나는 살기가 전장을 휘감았다.

난마처럼 얽힌 전장을 가로지르는 공손후의 발걸음은 거침이 없었다.

단순히 모습이 보이지 않는다고 해도 찾지 못할 단우 노야가 아니었다. 그만큼 그의 존재감은 대단했다.

공손후의 예측대로 단우 노야는 북쪽 숲에서 뒷짐을 지고 느긋하게 걸어 나오고 있었다.

'단우 노괴.'

눈에 넣어도 아프지 않은 딸들의 원수다.

미친 듯이 피가 들끓었다.

전신의 근육이 경련을 일으키고 솜털까지 바짝 곤두섰다.

공손후가 문득 걸음을 멈추었다.

'곤란하군. 이래서야……'

그는 자신이 너무 흥분했음을 느끼곤 천천히 호흡을 가다듬었다.

하늘까지 꿰뚫을 분노는 투지를 일으키는 데는 도움이 될지 몰라도 원한을 갚는 데는 오히려 방해만 되었다. 상대가 상대이니만큼 한 치의 방심도 용납되지 않았다. 어느 때보다 차가운 이성과 냉철한 판단력을 유지한 채 전력을 다해 싸워도 승부를 알 수 없는 최강의 상대가 바로 앞에 있었다.

호흡을 가다듬으며 눈까지 감았던 공손후가 지그시 눈을 떴다. 전신에서 피어오르는 살기와 기세, 분노는 여전했지만 눈빛만큼은 깊이를 가늠할 수 없는 심해처럼 착 가라앉아 있었다.

공손후의 시선이 단우 노야를 향했다.

단우 노야는 가소롭지도 않다는 웃음을 흘리며 서 있을 뿐이었다.

금방이라도 폭발할 듯한 분노를 가슴 깊이 갈무리한 공손후가 그를 향해 다시금 걸음을 내디뎠다. 그때, 어딘지 모르게 음울한 표정을 지니고 있는 중년인이 그의 앞을 가로막았다.

전장을 가로지르는 동안 아군은 물론이고 적에게도 조금의 제지도 받지 않았던 공손후가 자신도 모르게 걸음을 멈추고 말았다. 그만큼 상대에게서 느껴지는 기운은 대단했다.

단우 노야를 능가한다고 말을 할 수는 없었지만 본능은 그가 단우 노야에 못지않은 강자라는 것을 경고하고 있었다.

"너는 누구냐?"

공손후가 긴장된 음성으로 물었다. 중년인이 감정이 느껴지지 않는 무미한 어조로 대답했다.

"단우연."

*       *       *

파스스슷!

날카로운 파공성과 함께 진유검의 몸이 크게 회전했다.

그의 옆구리를 스쳐 지나간 검기가 아름드리나무를 두 동강이 내버렸다.

"웬 놈이냐?"

진유검 바로 뒤에서 그를 쫓다 목표를 잃은 검기에 하마터면 크게 상할 뻔한 곽종이 불같이 소리쳤다.

피가 살짝 배어 나오는 목덜미를 시작으로 전신에 소름이 돋았다. 만약 진유검이 아니라 자신을 노린 공격이었다면 절대로 피할 수 없었을 것이라는 생각이 들었다. 비단 곽종만이 아니라 방금의 공격을 목도한 모든 이들이 같은 생각이었다.

"산외산이로군."

항정이 딱딱히 굳은 얼굴로 진유검에게 암습을 한 사내와 수목 사이로 조용히 모습을 드러내는 자들을 응시하며 말했다.

"아마도 그들이겠지요. 사공세가를 몰살시켰다는."

근래 들어 사이가 다소 벌어지기는 했어도 사공세가와 사대세가는 어차피 한 몸이나 마찬가지 아니던가. 신도설이 잘 만났다는 듯 이를 갈며 말했다.

"생각보다 인원이 적군. 전면적인 공격보다는 그저 우리가 루외루를 돕는 시간을 지체하려는 수작 같아."

문청공의 말에 어깨를 나란히 하고 있던 천강삼좌 조단이 고개를 끄덕였다.

"확실히 그런 것 같습니다. 지형이 이러니 많은 인원도 필요 없을 것 같고."

자신들이 머물렀던 곳이나 루외루의 본진이 있는 곳과는 달리 그들이 이동하는 길은 꽤나 험했다. 수목이 우거진 데다가 길도 좁았고 길 좌우로 경사도 심해서 소수의 인원으로 많은 인원을 상대하기에 더없이 좋은 조건이었다. 더구나 그 소수가 아군에서도 쉽게 상대할 수 없을 정도의 고수라면 더욱 그랬다.

"전방은 제가 뚫겠습니다. 여러분들은 놈들의 암습에 주의해 주십시오."

간단한 반격으로 적의 공격을 뒤로 물리고 여유를 찾은 진유검이 천강십이좌를 돌아보며 말했다. 진유검이 대답을 들을 여유도 없이 적을 향해 다시 시선을 옮기려는 찰나, 단우린이 그의 팔을 잡으며 앞으로 나섰다.

"자, 잠깐만요."

진유검의 당황 서린 시선을 받으며 앞으로 나선 단우린이 진유검을 공격했던 중년인을 향해 소리쳤다.

"대숙(大叔), 저예요, 린아. 사숙, 칠숙까지……."

단우린은 산외산의 이인자 하공과 그의 뒤에서 모습을 드러낸 이들을 확인하곤 어쩔 줄을 몰라 했다.

하공은 단우린의 모습을 보면 잠시 멈칫하였지만 이내 무표정한 얼굴로 말했다.

"린아구나."

"예, 저예요. 여러 숙부들이 애써주신 덕분에……."

단우린은 하공과 말이 통한다고 생각했는지 밝은 웃음을 보였으나 이어지는 말에 그대로 얼어붙었다.

"옆으로 빠져라."

지금껏 경험해 보지 못한 하공의 냉정한 모습에 단우린
은 몹시 당황했다.

"예? 대… 숙."

"너까지 다치게 하고 싶지는 않으니 물러나란 말이다."

"숙부님들의 적은 이들이 아니라 노야가……."

"그만!"

단우린의 말은 그녀를 향해 사방에서 쏟아지는 살기에
뚝 끊기고 말았다.

하공을 비롯하여 평소 그녀를 딸처럼 사랑해 주던 숙부
들의 살기를 온전히 받아낸 단우린은 충격을 견디지 못하
고 하얗게 질린 얼굴로 비틀거렸다.

진유검이 그녀에게 쏟아지는 살기를 슬며시 막아내며 어
깨를 가만히 감싸 안았다.

"상황이 좋지 않네요. 물러나는 것이 좋겠습니다."

"하지만 전에는……."

단우린은 너무도 큰 충격을 받는지 제대로 말을 잇지
못했다.

일전에 그녀를 탈출시키는 데 일조한 사람이 바로 하공
과 숙부들이었다. 당시 다들 혼란에 빠져 있기는 했지만 단
우 노야에게 이렇게까지 완벽하게 굴복한 정도는 아니었
다. 한데 지금은 단우 노야를 언급하는 것 자체만으로도 살

기를 드러낼 정도로 완전히 사람이 변하고 만 것이다.

"겉만 같은 사람일 뿐입니다."

아직 상황을 받아들이지 못하고 있는 단우린을 위해 조금은 차갑게 대꾸한 진유검이 여우희에게 눈짓을 했다. 한숨을 내쉰 여우희가 단우린을 안다시피 데리고 가려 할 때 단우린이 진유검의 팔을 잡았다.

"가능하면……."

그녀는 차마 뒷말을 잇지 못했다. 자신이 하려는 부탁이 얼마나 위험한 것이고 염치가 없는 것인지 알기 때문이었다.

"노력은 해보겠습니다만 장담할 수는 없습니다."

진유검이 무겁게 고개를 끄덕이며 말했다. 그게 최선이었다. 그녀가 앞을 가로막고 있는 적을 어찌 생각하고 있는지 잘 알고는 있었지만 지금은 그런 사정을 생각해 줄 만큼 여유 있는 상황이 아니었다.

"고마워요."

단우린이 눈시울을 붉히며 말했다. 노력을 해보겠다는 그 말 한마디만으로도 충분히 고맙고 감사했다. 그런 단우린을 안쓰럽게 바라보던 진유검이 하공을 향해 시선을 돌렸다.

착 가라앉은 눈동자가 하공의 전신을 훑었다. 솔직히 사정을 봐주고 할 상대가 아니었다. 조금 전의 공격도 그랬고 전신에서 풍기는 기운을 감안했을 때 분명 강한 상대였다. 더구나 상황이 좋지 못했다. 단우린과의 약속대로 노력은 하겠지만 빠르게 제압이 불가능하다면 목숨을 끊어서라도 최대한 빨리 뚫어내야 했다.

'미안합니다.'

진유검은 마음속으로 단우린에 대한 사과를 하며 몸을 날렸다.

그를 중심으로 이미 상대를 점찍고 있던 천강십이좌의 날쌘 몸놀림이 날개처럼 펼쳐졌다.

하공이 입술을 질끈 깨물며 검을 쥔 손에 힘을 주었다.

암뇌제혼대법에 의해 비록 정신은 단우 노야에게 굴복했어도 일신에 지닌 실력이 사라진 것은 아니었다. 하공은 전무림을 진동시키고 있는 진유검의 실력이 결코 과장된 것이 아님을 한눈에 알아보았다. 아니, 애당초 단우 노야를 쓰러뜨렸다는 전력이 있는 것만으로도 이미 그는 천하제일인이었다.

제법 거리가 있음에도 진유검이 뿌리는 기세가 칼날처럼 짓쳐들어왔다. 그 기세만으로도 입고 있는 옷은 순식간에 넝마가 되었고 곳곳에 핏줄기가 비쳤다.

진유검의 몸이 순식간에 사라졌다.

사라졌다고 생각하는 순간 이미 코앞에 들이치고 있음에도 하공은 당황하지 않았다. 곧바로 검을 움직여 진유검의 신형을 베었다.

쾅!

진유검이 내뿜은 장력과 하공의 검이 격렬한 충돌을 일으켰다.

전력을 다해 정확하게 반격을 했음에도 오히려 하공의 몸이 살짝 흔들렸다. 어깨에서 핏줄기가 솟구치며 고통이 밀어닥쳤다. 며칠 전, 사공세가를 공격하다 크게 다친 상처가 다시 터진 듯했다. 하지만 신경 쓸 여력이 없었다.

진유검의 손에서 연속적으로 장력이 쏟아져 나왔다.

전신의 감각이 칼날처럼 곤두섰다. 무인으로서의 본능이 미친 듯이 경고를 보내왔다.

허공을 화려하게 수놓으며, 피할 수 있는 모든 공간을 장악하며 밀려드는 장력을 보며 하공은 두 눈을 부릅떴다. 단순히 놀라거나 두려워한 것이 아니라 그 속에서 허점을 찾으려는 필사적인 노력이었다.

문제는 보이지가 않는다는 것이다.

방법은 오직 정면 돌파뿐이다.

하공의 검이 가장 강력하게 자신을 위협하는 장력을 향해 움직였다. 뒤는 없었다. 상대의 실력은 감당키 힘들 정도로 대단했고 어깨의 부상도 너무 큰 부담이었다. 목숨을 걸고 전력을 다해 부딪쳐야 그나마 생로가 보일 터. 하공은 자신이 이끌어낼 수 있는 모든 힘을 검에 담았다.

진유검이 뿌린 강맹한 장력과 하공의 전력이 담긴 일격 필살이 서로의 목줄기를 물어뜯기 위해 짓쳐들어왔다.

그러나 충돌은 없었다.

회오리치듯 밀려들던 진유검의 장력이 하공의 검과 부딪치는 순간, 그 힘이 안개처럼 사라지고 부드러운 기운이 가만히 검을 감싸더니 공격을 전혀 엉뚱한 방향으로 이끌었다.

숨조차 쉬기 힘들 정도로 급박한 순간에 펼쳐진, 그야말로 절정의 이화접목.

자신의 의도와는 전혀 상관없이 움직이는 검을 보며 하공의 입이 쩍 벌어졌다.

부드럽던 기운이 강력하게 바뀌는 것 또한 찰나였다.

막으려고, 피하려고 해봤지만 부질없는 짓이었다.

퍽!

둔탁한 마찰음과 함께 하공의 몸이 붕 떴다.

매섭게 날아든 장력이 붕 뜬 하공의 몸을 연속적으로 두들겼다.

"크윽!"

이 장여를 날아가 천근추의 수법으로 겨우 몸을 바로 하는 하공의 입에서 절로 신음이 흘러나왔다.

눈앞이 흐릿했다. 오장육부가 뒤틀린 듯 배 속 저 밑에서 뭔가가 꾸역꾸역 올라왔다. 천근추를 이용해 필사적으로 중심을 잡아보려 했지만 사시나무 떨듯 하는 다리의 힘은 완전히 풀린 상태였다.

그런 하공을 보며 진유검은 공격을 멈췄다.

연화장의 위력을 감안했을 때 더 이상의 공격은 아무런 의미도 없었다.

'정상적인 몸이 아니었다는 것을 고마워해야 하나.'

만약 하공이 부상을 당한 몸이 아니었다면 아마도 조금 더 거칠고 위험한 싸움이 이어졌을 터였다.

진유검은 자신을 비롯해서 꽤나 많은 이들이 그 부상에 고마워해야 할 것이란 생각을 하며 간절한 표정으로 싸움을 지켜보던 단우린을 향해 이제 안심하라는 듯 살짝 미소를 보였다.


\*        \*        \*


공손후가 거칠게 질주했다.

단숨에 거리를 좁힌 후, 검을 휘둘렀다.

시퍼런 강기가 휘몰아치는 순간, 공손후의 표정이 확 변했다. 찰나의 틈을 이용하여 좌측으로 몸을 이동시킨 단우연이 어느새 그의 배후로 접근하고 있었다.

마치 공간을 이동한 듯한 움직임. 그야말로 절정의 이형환위(移形換位)에 공손후도 놀라지 않을 수 없었다.

천하에 오직 자신과 비견할 수 있는 사람은 단우 노야와 수호령주밖에 없다는 생각이 얼마나 오만한 것인지 공손후는 제대로 느낄 수 있었다.

그의 눈가에 미소가 비쳤다.

무인이라면 강한 상대를 꺾을 때 느끼는 기분은 그 어떤 쾌감보다 우선하는 것. 그는 놀라움 속에서도 더할 수 없는 호승심이 치솟음을 느꼈다.

배후로 돌아간 단우연의 검에서 묵빛 강기가 솟구쳤다.

한계까지 압축한 강기가 검을 휘감고 이내 공손후를 향해 짓쳐들어왔다.

공손후도 지지 않고 검을 휘둘렀다.

검과 검이 부딪치기 전, 강기와 강기가 거대한 충돌을 일으켰다.

꽈꽈꽈꽝!

천지를 무너뜨릴 것 같은 굉음이 전장을, 운중산을 뒤흔들었다.

'강하다.'

튕겨지듯 물러선 공손후의 얼굴에 살짝 동요가 이는 찰나 단우연이 다시금 돌진해 왔다. 아직 충돌의 여파가 남아 있음에도 전혀 개의치 않는다는 대담한 움직임에 공손후는 자신도 모르게 웃음을 터뜨렸다. 정말 목숨을 걸고 대적할 만한 상대였다.

공손후의 발걸음도 분주해지기 시작했다.

느린 듯 빠르고, 단순한 듯 화려했다.

그의 몸이 흔들릴 때마다 북풍처럼 매섭고 화산처럼 뜨거운 기운을 담은 기운이 단우연의 목숨을 노렸다.

"흡!"

단우연의 입에서 다급한 신음이 흘러나왔다. 그것도 잠깐, 단우연은 마치 여러 명에게 합공을 당하는 듯한 착각에 빠지면서도 차분히 검을 놀렸다. 그의 시선이 닿는 곳에 이미 검이 닿아 있었고 그때마다 묵직한 충돌음과 충격파가 사방에 몰아쳤다.

'너무 견고하다.'

그러나 매섭게 공격을 퍼붓는 공손후의 표정은 결코 밝지 않았다.

단우연의 움직임은 눈으로 따라가기 힘들 정도로 빨랐지만 정작 그의 검은 특출 나게 빠른 것도, 화려한 것도, 무거운 것도 아니었다.

그런데 공격이 제대로 통하지 않았다.

모든 공격이 회심의 일격이라 자부할 수 있을 정도로 위력적인 공격을 퍼부었음에도 그 모든 곳을 단우연의 검이 가로막고 있었다.

물론 모든 공격이 완전히 무위로 돌아간 것은 아니다. 단우연의 몸 곳곳에 생겨난 상처가 그것을 증명하고 있었다. 그러나 분명 원했던 결과라 말할 순 없었다.

자신이 최고라는 자부심에 금이 갔다. 그렇다고 자존심이 상한 것은 아니다. 눈앞의 적은 존중을 해도 부족함이 없는 상대. 적이라는 관계를 떠나 그만한 상대와 검을 겨룰 수 있다는 것이 기뻤다.

공손후가 자신도 모르게 미소를 지었다.

공손후의 마음이 전해진 것인지 지금껏 무표정한 얼굴로 일관하던 단우연의 입가에도 그 의미를 알 수 없는 묘한 미소가 번졌다.

미소가 끝났을 때 두 사람은 이전과는 비교할 수 없을 정도로 더욱 거칠게 충돌했다.


'아! 늦었어.'

왕호의 방해를 뚫고 도착한 공손민은 아비규환으로 변한

전장을 바라보며 짧은 신음을 내뱉었다.

최대한 빨리 뚫는다고는 했으나 왕호 또한 산외산의 고수. 결코 쉬운 상대는 아니었다. 게다가 목숨을 잃는 마지막 순간까지도 저항을 멈추지 않는 바람에 생각보다 시간을 많이 지체했다. 그래봤자 촌각에 불과한 시간이라 할 수 있었으나 지금과 같은 상황에선 능히 수십의 목숨이 사라지고도 남을 금쪽같은 시간이었다.

산외산과 빙마곡의 정예들을 맞아 루외루는 최선을 다해 맞서고 있었다. 초반, 급작스러운 기습에 기선을 제압당하기는 했어도 곧 안정을 찾고 침착히 반격에 임하는 중이었다. 하지만 밀리고 있는 것은 분명했다. 병력의 숫자에서도 부족했고 나름 고수라 분류할 수 있는 실력자들의 숫자 또한 그 차이가 상당했다. 그 차이를 메꿀 방법은 결국 수호령주와 무황성의 무인들의 지원뿐이었다.

'아직… 인가?'

수호령주와 무황성의 지원군은 아직 도착하지 않았다. 어조인이 무사히 연락을 했다고 하더라도 거리상 도착할 시간은 아니었다.

'늦지 않아야 할 텐데.'

공손민의 낯빛이 어두워지는가 싶더니 이내 고개를 흔들었다. 지금은 마냥 지원군만을 생각할 때가 아니었다.

공손민은 거칠어진 호흡을 가다듬으며 빠르게 전장을 훑었다.

가장 먼저 부친을 찾았다. 찾는 것은 어렵지 않았다. 전장의 한편, 누가 보더라도 가장 치열한 싸움이 벌어지는 곳에 부친이 있었다.

그곳의 싸움이 어찌나 살벌하고 무시무시한지 근처에 접근하는 이들조차 없었다. 오히려 피아를 가리지 않고 그 싸움의 여파에 휘말리지 않기 위해 필사적으로 피하는 모습이 역력했다.

"음."

공손민의 눈가에 놀람이 스쳐 지나갔다.

처음엔 부친의 상대가 단우 노야인 줄 알았다.

루외루의 루주로서 부친의 실력은 그녀 자신도 가늠키 힘들 정도로 뛰어난 경지에 이르렀다. 솔직히 단우 노야를 꺾은 수호령주라면 몰라도 단우 노야와 부딪쳤을 땐 결코 밀리지 않을 것이란 믿음이 있었다.

그 믿음이 깨졌다.

놀랍게도 부친을 상대하는 사람은 단우 노야가 아니었다. 단우 노야가 근래 들어 괴물처럼 변했다는 소문이 있었지만 중년으로 회춘했다는 소리는 들어본 적이 없으니까.

'산… 외산인가?'

공손민은 이내 상대의 정체를 눈치챌 수 있었다. 천하에 루외루주와 어깨를 나란히 할 수 있는 사람은 그야말로 극소수고 산외산의 수장이라면 능히 그중 한 명이 될 수 있을 것이다.

부친과 상대하는 적의 정체를 짐작한 공손민이 초조한 시선으로 단우 노야를 찾기 시작했다.

부친이 산외산주에게 발목이 잡혔다면 사실상 단우 노야를 막을 사람은 존재하지 않았고 그가 싸움에 본격적으로 개입했다면 피해는 상상을 불허할 터였다.

다행히 그녀의 염려와는 달리 단우 노야는 움직이지 않고 있었다. 그저 흥미로운 눈빛으로 루외루주와 산외산주의 싸움을 지켜보고 있을 뿐이었다.

'단우 노괴!'

단우 노야의 존재를 확인한 공손민이 검을 꽉 움켜잡았다.

지금은 침묵하고 있다고는 해도 언제까지 그러리란 보장은 없다. 언제 어느 순간에 싸움에 개입을 할지 몰랐고 그리되면 어떤 상황이 벌어지게 될지는 뻔했다.

수호령주가 도착하기 전, 반드시 단우 노야의 준동을 막아야 했다. 공손후가 산외산주에게 발목이 잡힌 지금 그 일을 할 수 있는, 아니, 그나마 약간의 가능성으로나마 시간을 끌 수 있는 사람은 그녀뿐이었다. 물론 공손규와 갈천상 또한 그 정도의 능력은 있겠지만 공손후를 대신하고 있는 공손규는 물론이고 빙마곡주와 접전을 벌이고 있는 갈천상은 도저히 몸을 뺄 상황이 아니었다.

결심을 한 공손민은 즉시 몸을 날렸다.

바람을 가르며 질주하는 공손민의 뇌리에 누군가의 얼굴이 떠올랐다.

나름 열심히 표현하는 것 같아도 늘 어색하기만 한 웃음을 지닌 사람.

독고무를 떠올리는 공손민은 자신도 모르게 미소를 지었다.

조금은 슬퍼 보이는 미소였다.

# 89장

## 절대(絶對)의 무력(武力)

　"윽!"

　갈천상의 입에서 나직한 신음이 흘러나왔다.

　예상치 못한 반격에 가까스로 막아내기는 하였으나 제대
로 힘이 실리지 않아 만만치 않은 충격을 받았다. 검을 쥔
손아귀가 찢어진 것인지 손잡이를 타고 피가 줄줄 흘러내
렸다.

　"제법이로군."

　갈천상의 칭찬에 빙마곡주 북리파의 얼굴에 차가운 미소
가 흘렀다.

"제법이란 말은 강자가 약자에게나 쓸 수 있는 말이지."

스스로의 말을 증명이라도 하려는 듯 북리파의 날카로운 공격이 연속적으로 이어졌다.

잿빛 검신에선 전장의 어둠을 단숨에 날려 버릴 정도로 눈부신 광채와 함께 백색 검기가 뿜어져 나왔는데 놀랍게도 검기가 스치고 지나가는 자리엔 하얗게 서리가 내려앉았다.

갈천상은 몸 안으로 파고드는 냉기를 경계하며 연신 뒷걸음질을 쳤다.

연속되는 공격은 숨조차 제대로 쉴 틈을 주지 않았으나 그대로 당할 갈천상이 아니었다. 참고 참으며 기회를 엿보던 갈천상의 노호성이 천지를 뒤흔들었다.

주변의 모든 공간에 서리를 내리며 영역을 확장하던 백색 검기를 단숨에 소멸시켜 버리고 이들의 대결을 숨죽이며 지켜보던 달빛마저 양단하며 위력을 드러낸 검은 당황한 표정으로 움직이고 있는 북리파를 향해 그대로 짓쳐들어왔다.

그야말로 전력을 다한 일검.

이번 공격으로 싸움을 끝내겠다는 갈천상의 의지가 오롯이 담긴 검은 북리파가 움직일 수 있는 모든 방향을 완벽하게 차단했다.

'과연 경천… 검혼!'

북리파는 갈천상의 공격을 온몸으로 받아내며 삼십여 년 전, 사람들이 어째서 그에게 경천검혼이란 별호를 붙여주며 경외했는지를 절실히 깨달을 수 있었다.

하지만 이대로 무너질 수는 없었다.

갈천상의 공격은 현실을 부정하고 싶은 마음이 들 정도로 두려웠고 상상조차 할 수 없을 정도로 막강한 위력을 지니고 있었으나 빙마곡의 무공 또한 결코 그에 못지않았다.

"내가 바로 빙마곡의 곡주다."

스스로에게 최면을 걸듯 중얼거린 북리파가 천천히 검을 움직였다.

빠르지는 않으나 더없이 무거우면서도 힘이 느껴지는 검의 움직임. 하늘로 솟구친 백색 강기가 검을 휘감으며 갈천상의 공격에 정면으로 맞섰다.

꽈꽝꽝!

강기와 강기의 충돌.

주변을 휩쓰는 가공할 충격파에 주변의 모든 수목이 쓸려 나갔으나 정작 충격의 중심에 선 두 사람은 별다른 충격을 받지 않은 듯 상대의 약점을 잡기 위해 필사적이었다.

자신의 공격이 막힐 것이라고 예상이라도 한 듯 갈천상은 곧바로 검의 방향을 바꿔 공격을 이어갔다.

파스슷!

갈천상의 검에서 뿜어져 나온 강기가 북리파를 덮쳐갔다.

북리파도 결코 만만히 당할 인물이 아니었다. 빙마곡 최고의 비기라 할 수 있는 빙혼탄뢰(氷魂炭雷)를 펼치며 빙마곡이 어째서 세외사패의 수장으로 은연중 인정받는지를 증명하고자 했다.

꽈꽈꽈꽝!

갈천상의 검에서 뿜어지는 무시무시한 힘과 이에 못지않은 북리파의 공방은 전장을 헤집으며 이어졌다.

한 치 앞도 살피기 힘들 정도로 치열하던 싸움은 의외로 쉽게 결말이 났다.

막강한 내력으로 공세를 그치지 않는 갈천상과는 다르게 어느 시점부터 북리파의 힘이 꺾였다. 그 엄청난 위력만큼이나 한 번 펼칠 때마다 엄청난 내력을 소모하는 빙혼탄뢰를 계속 이어가기엔 그의 내력이 받쳐주질 못한 것이다.

"큭헉!"

북리파의 입에서 신음이 흘러나왔다.

기회를 잡은 갈천상의 공격이 집요하게 이어지고 이를 견디지 못한 북리파의 몸에 상처가 급격히 늘어갔다.

땅!

마침내 수세 속에서도 매서운 한기를 뿜어내던 북리파의 검이 힘없이 튕겨져 나갔다. 크게 휘청거린 신형은 무려 십여 장이나 밀려 나간 다음에야 겨우 추스를 수 있었다.

"쿨럭!"

격렬한 기침과 함께 주먹만 한 핏덩이가 쏟아져 나왔다.

갈가리 찢어진 전포는 북리파가 토해낸 피와 상처에서 흘러나온 피로 인해 붉게 물들어 있었다.

"크으으으."

엄청난 고통이 머리부터 발끝까지 관통을 했다.

북리파는 고통스러운 눈길로 자신을 향해 다가오는 갈천상을 바라보았다.

그런데 표정이 이상했다.

분명히 패한 것도 그였고 전신에 치명상을 당한 것도 그였지만 표정 어디에서도 패배의 슬픔이나 아픔이 보이지 않았다. 오히려 지금의 결과에 만족하는 듯한 모습이었다.

그 이유는 북리파에게 향하던 갈천상의 발걸음이 멈추면서 확인되었다.

갈천상의 고개가 북리파의 시선을 따라 아래로 향했다. 북리파의 시선을 의식해서라기보다는 전신을 옥죄는 고통의 근원이 있는 곳이었다.

"음."

갈천상의 입에서 침음이 흘러나왔다.

심장 바로 아래쪽에 조그만 비도 하나가 깊게 박혀 있었다. 결코 가벼운 상처라고는 할 수 없었지만 그렇다고 목숨을 걱정할 정도로 치명적인 상처라고도 할 수 없었다.

다만 비도 자체가 문제였다.

얼음처럼 너무도 투명하여 제대로 살피지 않으면 윤곽을 알아보기 힘들 정도로 신비한 비도였다.

비도가 몸을 파고드는 순간 정체를 알 수 없는 한기가 전신에 들이쳤다. 조금 전, 북리파의 검에서 느껴졌던 한기와는 비교조차 되지 않을 정도로 음험하고 매서운 한기였다. 위험을 감지하고 본능적으로 내력을 움직여 한기를 막고는 있었지만 쉽게 감당이 되지 않았다.

갈천상의 얼굴이 일그러지는 것을 확인한 북리파가 큭큭거리며 웃었다. 웃을 때마다 피가 쏟아졌으나 전혀 개의치 않는 모습이었다.

"그… 래도 혼자 가… 지는 않겠군. 나이를 생각… 하면 조… 금 손해려나."

가래 끓는 음성과 함께 눈동자의 생기가 급격하게 사라졌다.

"무엇… 이냐?"

갈천상이 물었다.

"빙… 정(氷精)."

북리파가 힘주어 대답했다. 의식이 사라지는 가운데에서도 자부심이 가득한 표정이었다.

"빙… 정?"

갈천상이 되물었지만 북리파의 의식은 이미 끊어진 상태였다.

북리파의 죽음을 확인한 갈천상의 입에서 짧은 한숨이 흘러나왔다. 질문에 대한 답은 듣지 못했지만 굳이 필요치 않았다. 북리파의 입가에 걸린 미소면 충분했다.

결코 혼자 죽지 않는다는, 자신의 죽음을 확신하는 듯한 북리파의 미소에 갈천상은 쓴웃음을 지으며 자리에 주저앉았다. 사방 천지 적으로 가득했으나 지금 중요한 것은 그들의 위협이 아니라 내부에 침입한 한기를 극복하는 것이었다.

가부좌를 틀고 앉아 운기조식을 하는 갈천상의 전신엔 이미 서리가 내려앉기 시작했다.


공손민이 단우 노야의 움직임을 묶기 위해 결단을 내리던 순간, 그때까지 단우연과 공손후의 싸움을 흥미롭게 바라보던 단우 노야가 전장으로 시선을 돌렸다.

코끝을 간질이는 진득한 혈향에 그렇지 않아도 붉게 충

혈된 눈이 더욱 붉어졌다. 전장을 가득 채운 혈향이 단우 노야의 살심에 불을 지핀 듯싶었다.

단우 노야의 시선에 자신을 향해 정면으로 달려오는 공손민이 들어왔다. 그녀의 실력이나 존재감은 난마처럼 얽힌 전장에서도 손꼽히는 것이었다.

공손민을 발견한 단우 노야의 눈빛이 마치 맛난 먹잇감을 둔 맹수처럼 번들거렸다. 얼마 전 북리파가 준비한 제물 따위와는 비교도 되지 않을 정도로 훌륭한 제물이었다. 게다가 자신을 향해 달려오니 이보다 좋을 수 없었다.

기분 좋은 미소를 짓고 있던 단우 노야의 눈에서 혈광이 솟구쳤다. 전장을 가르며 달려오던 공손민이 갑자기 걸음을 멈췄기 때문이었다.

단우 노야는 그녀의 발걸음을 멈추게 만든 자들을 향해, 그리고 주춤거리고 있는 먹잇감을 향해 지체 없이 움직였다.

공손민을 향하는 단우 노야의 행보에는 거침이 없었다.

앞을 가로막는 모든 것을 부쉈다. 적이든 아군이든 가리지 않았다. 그가 걸어온 길 위에 남은 것은 갈가리 찢긴 시신들뿐이었다.

쐐애애액!

단우 노야가 맹렬한 파공성과 함께 짓쳐들어오는 검을

보며 가볍게 천마수를 휘둘렀다.

공격을 너무 가볍게 본 것인지 검을 쳐낸 단우 노야의 상체가 살짝 흔들렸다. 거침없이 움직이던 발걸음이 처음으로 멈칫거렸다.

단우 노야의 얼굴 가득 웃음이 번졌다.

입술 사이로 드러난 새하얀 이가 섬뜩하게 빛나는 찰나, 단우 노야의 신형이 사라졌다.

"온다!"

단우 노야에게 향하던 공손민의 발걸음을 막고 분노해 달려오는 단우 노야에게 검을 던져 제대로 도발한 조유유가 탁한 음성으로 소리쳤다. 그와 어깨를 나란히 한 흑수파 파가 긴장된 낯빛으로 양손을 치켜세웠다. 손에 찬 응조(鷹爪)가 달빛을 머금고 황금빛으로 빛났다.

단우 노야가 그들 앞에 나타난 것은 조유유의 경고가 끝나는 것과 거의 동시였다.

처음 그곳에 존재했던 것처럼 눈 깜짝할 사이에 모습을 드러낸 단우 노야가 조유유를 향해 천마수를 휘둘렀다.

조유유는 공격에 아랑곳하지 않고 오히려 단우 노야의 목덜미를 노리며 검을 움직였다. 천마수가 조유유의 가슴을 관통하기 직전, 뒤쪽에서 갑자기 튀어나온 공손민의 검이 천마수의 방향을 바꿨다. 동시에 단우 노야의 좌측으로 파고든 흑수파파의 응조가 옆구리를 훑었다.

단우 노야는 방향을 잃은 천마수를 회수하며 고개를 틀었다. 조유유의 검이 목덜미를 스치며 지나갔지만 그저 가벼운 생채기만 생겨났을 뿐이다.

흑수파파의 응조가 무방비로 옆구리를 두드렸으나 오히려 비명을 지른 것은 공격을 한 흑수파파였다.

"마, 말도 안 되는……."

흑수파파의 입에서 경악성이 터져 나왔다.

한 번의 공격으로 단우 노야의 목숨을 빼앗거나 싸움을 끝낼 수 있을 정도의 치명상을 입힐 수 있다고는 생각하지 않았다. 그래도 평생을 익혀온 응조공이 아니던가. 최소한 몸을 움직이는 데 불편함을 느끼게 할 수 있을 정도의 상처는 만들 수 있다고 여겼건만 생각보다 단우 노야라는 이름의 벽은 컸다.

옆구리를 강타한 응조는 단우 노야의 전신을 보호하고 있는 호신강기를 뚫지 못한 채 나무젓가락 부러지듯 박살이 났고 그것도 부족해 팔목이 완전히 부러지고 말았다.

망연자실하여 물러나는 흑수파파를 향해 묵빛 수영이 접근했다. 깜짝 놀란 흑수파파가 하나 남은 응조로 방어를 했으나 어림없었다.

응조를 잡아챈 천마수가 천하에 이름난 명장이 수백 번

이나 단련하여 만들어낸 황금빛 응조를 그대로 우그러뜨리고 동시에 흑수파파의 손마저도 짓뭉개 버렸다. 흑수파파를 구하기 위해 공손민과 조유유과 필사적으로 공격을 퍼붓는 상황에서 벌어진 일이었다.

흑수파파를 완벽하게 무력화시킨 단우 노야가 고통에 신음하는 그녀의 목을 낚아챘다.

"멈춰랏!"

대경한 조유유가 단우 노야의 등을 향해 검을 휘둘렀다.

단우 노야는 뒤도 돌아보지 않고 장력을 뿌려 조유유의 공격을 무력화시켰다.

단우 노야를 향해 질주하던 공손민도 갑자기 날아든 물체에 움직임을 멈출 수밖에 없었다. 그 물체가 단우 노야의 손에 잡혔던 흑수파파의 머리라는 것을 확인하는 것은 어렵지 않았다.

검을 늘어뜨린 공손민은 자신의 품에 안기는 흑수파파의 머리를 멍하니 바라볼 수밖에 없었다. 곧바로 조유유의 호된 질책이 이어졌다.

"정신 차렷!"

그녀의 몸이 충격을 받고 튕겨져 나갔다.

조유유의 장력에 밀려나던 공손민은 자신이 있던 곳을 훑고 지나가는 천마수를 확인하며 몸을 부르르 떨었다.

조유유의 도움이 없었다면 천마수에 낚여 흑수파파와 똑같은 꼴을 당했을 터였다. 아니, 어쩌면 지난날 언니들이 당했던 것처럼 처참한 죽음을 맞이할 수도 있었다.

퍼뜩 정신이 난 공손민은 품에 안긴 흑수파파의 머리를 바닥에 내려놓았다. 전장 한복판에서 어떤 꼴을 당할지 가늠할 수 없으나 지금 당장은 그녀의 머리를 수습하는 것보다는 단우 노야를 막는 것이 우선이었다.

'미안해, 파파.'

마음속으로 사과를 한 공손민이 한층 차갑게 내려앉은 눈빛으로 단우 노야를 찾았다.

단우 노야는 인간의 음성이라곤 생각되지 않는 괴소를 연신 터뜨리며 조유유를 압박하고 있었다.

짧은 시간임에도 불구하고 맹공을 당한 조유유는 보기 안쓰러울 정도로 상황이 좋지 않았다. 때마침 달려온 유운곤이 돕고 있었기에 망정이지 그렇지 않았다면 진즉에 숨이 끊어졌어도 이상하지 않을 정도로 온몸의 부상이 심했다.

그럼에도 투혼만큼은 결코 사그라들지 않은 듯 전신이 피투성이로 변해 버린 조유유는 단우 노야를 향해 끊임없이 달려들었다.

"죽어랏!"

힘찬 외침과 함께 유운곤의 창이 단우 노야의 가슴을 노리며 짓쳐들어왔다. 그 누구의 것보다 빠르고 날카롭기로 유명한 창은 그야말로 섬전과 같았다.

　유운곤의 공격이 생각보다 위협적이라 여긴 것인지 지금껏 정면으로 맞서오던 단우 노야가 처음으로 몸을 틀었다.

　유운곤이 기세를 이어가며 연거푸 공격을 펼쳤지만 창은 번번이 허공만을 갈랐다. 조유유의 공격 또한 별다른 효과가 없었다. 그나마 뒤늦게 뛰어든 공손민의 공격만이 단우 노야의 움직임을 조금이나마 움츠리게 만들 뿐이었다.

　세 사람의 필사적인 공격에도 여유롭기만 하던 단우 노야의 신형이 번개처럼 움직인 것은 조유유와 유운곤의 동선이 겹치는 순간이었다. 그야말로 찰나에 불과할 정도의 멈칫거림에 불과했으나 단우 노야는 기회를 놓치지 않았다.

　단우 노야가 유운곤을 향해 섬전과도 같은 속도로 천마수를 뻗었다. 기겁을 한 유운곤이 죽을힘을 다해 몸을 틀며 창을 휘두르고 그를 구하기 위해 조유유와 공손민이 전력을 다해 공격을 퍼부었다.

　조유유의 검을 천마수로 쳐내고 어깨를 내려찍는 공손민의 검을 호신강기로 받아낸 단우 노야가 하얗게 질린 얼굴로 발악하듯 찔러오는 유윤곤의 창마저 간단히 무력화시킨 후, 손을 뻗었다.

단우 노야에게 접근을 허용한 시점에서 이미 유운곤의 운명은 결정된 것이나 다름없었다.

퍽!

둔탁한 소음과 함께 유운곤의 머리가 그대로 터져 나갔다.

허공으로 비산하는 육편과 뇌수를 만족한 표정으로 바라보던 단우 노야가 뒤쪽으로 손을 뻗었다.

깡!

천마수에 막힌 조유유의 검이 날카로운 쇳소리와 함께 튕겨져 나갔다.

빙글 몸을 돌린 단우 노야가 검을 거두고 물러나는 조유유를 향해 손을 뻗자 수십 개의 수영(手影)이 허공을 가르며 그의 몸을 노렸다.

꽝! 꽝! 꽝!

검과 수영이 부딪칠 때마다 폭음 터지는 소리와 함께 조유유의 몸이 격하게 흔들렸다.

온 천하를 뒤덮은 수영은 조유유를 압박하는 것은 물론이고 그를 구하기 위해 덤벼드는 공손민까지 피를 토하게 만들었다.

단우 노야의 공격을 감당하지 못한 조유유의 검이 산산

조각이 나버렸다. 전력을 다해 공방을 펼친 조유유는 검이 박살 나며 치명적인 내상까지 당하는 바람에 움직일 여력이 없었다.

조유유의 검을 먼지로 만들어 버리고 공손민까지 멀찌감치 물러나게 만든 단우 노야가 절망으로 일그러진 조유유를 향해 걸어갔다.

"크크크크!"

그가 섬뜩한 미소와 함께 천마수를 그대로 내리긋자 천마수에서 뻗어 나온 묵빛 강기가 조유유의 머리와 몸을 양단해 버렸다.

조유유의 몸에서 뿜어져 나온 피가 온몸을 적심에도 단우 노야는 굳이 피할 생각이 없는 듯 보였다. 오히려 얼굴에 묻은 피를 혀로 핥으며 악귀처럼 웃은 뒤 고대하던 제물을 향해 고개를 돌렸다.

단우 노야와 시선을 마주한 공손민의 신형이 움찔했다.

낯빛은 하얗게 변하고 전신은 부들부들 떨렸다. 조금 전, 목숨을 걸고 덤벼들었던 모습과는 전혀 다르게 마치 거미줄에 걸린 먹잇감처럼 잔뜩 겁에 질린 얼굴이었다.

'도망쳐야……'

머리는 맹렬하게 명령을 내렸지만 몸이 움직이지 않았다. 게다가 어찌 된 일인지 단우 노야와 시선을 마주친 순간부터 이상하게 고개를 돌릴 수가 없었다.

금방이라도 핏물이 터져 나올 것 같은 붉은 눈에선 화염이 쏟아져 나오고 그것이 자신을 집어삼키는 듯한 느낌을 받으면서도 눈조차 감지 못했다.

단우 노야와 그녀의 사이가 급격하게 가까워졌다. 마침내 천마수가 그녀의 왼쪽 팔을 움켜잡았다.

"아!"

공손민의 입에서 절망의 신음이 터져 나왔다.

바로 그때, 활화산보다 더욱 뜨거운 분노가 담긴 고함이 들려왔다.

"그 손! 당장 놓고 꺼져라!"

쐐애애액!

대기를 찢어발기는 듯한 파공성과 함께 한 줄기 빛이 날아들었다.

사냥을 방해받은 맹수처럼 얼굴 가득 살기를 드러낸 단우 노야가 빛줄기를 후려쳤다.

꽝!

천마수에 막혀 힘을 잃고 날아간 빛줄기, 반쯤 부러진 검을 회수하며 맹렬하게 달려오는 사람은 다름 아닌 공손후였다.

자신의 사냥을 방해한 사람이 공손후라는 것을 확인한

단우 노야가 미간을 찡그렸다.

공손후의 상대는 단우연이었다. 한데 그가 나타났다는 것은 단우연이 목숨을 잃었거나 최소한 그에 준하는 부상을 입고 패했다는 것을 의미했다.

하지만 단우연은 공손후의 뒤편에서 살기를 드러내며 달려오고 있었다. 아마도 공손후는 단우연과 싸우는 와중에 공손민의 위기를 보고 달려온 것 같았다.

단우 노야의 그물에 걸려 옴짝달싹하지 못하던 공손민은 전장을 뒤흔드는 호통 소리에 비로소 몸을 움직일 수 있었다.

'아!'

퍼뜩 정신을 차린 그녀는 죽을힘을 다해 자신을 잡고 있는 단우 노야의 팔을 뿌리치려 했으나 단우 노야는 애써 잡은, 그것도 다시 만나기 힘든 제물을 놓칠 마음이 없었다.

단우 노야를 뿌리치지 못하자 공손민은 일말의 망설임도 없이 오른쪽 수도로 자신의 왼팔을 내려쳤다.

단우 노야를 공격해 봤자 아무런 의미도 없다고 판단하곤 그럴 바에야 차라리 팔 하나를 잘라 버리는 것이 그의 손에서 벗어날 가능성이 더 높다고 판단한 것이다.

그녀의 판단은 정확했다.

단우 노야는 설마하니 공손민이 자신의 팔을 자를 줄을

몰랐다는 듯 주인 잃은 팔 하나를 멍하니 바라만 보았다.

"괘, 괜찮으냐?"

공손후가 비틀거리며 달려오는 공손민을 안으며 물었다.

"어째서 팔을……."

"이 방법뿐이었어."

"아, 아무리 그렇다고 해도……."

공손후는 피가 뚝뚝 떨어지는 그녀의 팔을 보며 말을 잇지 못했다.

공손민은 그제야 공손후의 모습을 제대로 볼 수 있었다.

걸치고 있던 전포는 걸레 조각으로 변한 지 오래고 피로 물든 감색 무복은 흙먼지와 뒤엉켜 엉망이 되어 있었다.

왼쪽 어깨에서 대각선으로 훑고 지나간 등에선 아직도 피가 흘러나오는 중이었다. 그 모든 것들이 부친이 상상도 할 수 없는 격전을 펼쳤음을 증명하는 것이었다.

"난 괜찮으니까 그런 표정 짓지 마. 그나저나 아버지야말로 괜찮은 거야?"

애써 고개를 흔들며 묻는 공손민의 눈가로 그녀 자신도 모르는 눈물이 맺혔다.

"걱정 마라. 이까짓 상처는 아무것도 아니니까. 넌 어서 물러나기나 해."

공손후가 황급히 손짓을 했다. 시선은 어느새 단우 노야에게 고정시킨 상태였다.

단우 노야는 곁으로 다가오는 단우연을 향해 신경질적으로 소리쳤다.

"바보 같은 놈!"

"죄송합니다."

"저런 놈 하나 해결하지 못한 것이냐?"

"아직 싸움은 끝나지 않았습니다. 다만…….."

"여기까지 올 수 있는 틈을 줬다는 것 자체가 멍청했던 것이다."

단우연은 연이은 질책에 다시금 머리를 조아렸다.

"죄송합니다. 제가 확실히 처리를 하겠습니다."

허리를 편 단우연이 한 걸음 앞으로 나서자 단우 노야가 손을 휘 내저으며 말했다.

"비켜라. 내 것이다."

단우 노야가 가리키는 것이 공손민임을 의식한 공손후의 얼굴이 제대로 일그러졌다. 그에게 처참히 희생당한 딸들을 떠올리자 온전한 정신을 유지하기 힘들 정도였다.

"죽어랏! 괴물!"

공손후가 벼락같이 움직였다.

디딘 땅이 다섯 치나 파였을 정도로 전력을 다해 쇄도했다.

오연한 자세로 그 모습을 지켜보던 단우 노야가 천천히 천마수를 들었다.

붉은 혈기로 번들거리는 천마수가 먹잇감을 노리며 독니를 드러냈다. 한데 놀랍게도 천마수의 목표는 공손후가 아니었다.

"컥!"

외마디 비명과 함께 단우연이 두 눈을 부릅떴다.

그는 자신의 가슴에 박힌 천마수를 보며 이해할 수 없다는 표정을 지었다. 정확히는 단우 노야가 자신의 의도를 어찌 파악한 것인지 모르겠다는 반응이었다.

"어, 어떻게……."

"크크크! 네놈의 의도를 모른다고 생각했느냐?"

음침한 웃음을 흘리는 단우 노야의 입가에 비웃음이 가득했다.

갑작스러운 상황의 변화에 모두의 움직임이 멈췄다. 그건 단우 노야를 향해 질주하던 공손후 또한 마찬가지였다. 천천히 무너져 내리는 단우연을 보며 지금의 상황을 파악해 보려 했지만 쉽지가 않았다.

'세뇌가 풀린 것인가?'

그것밖에는 떠오르는 답이 없었다. 그렇다면 대체 언제 세뇌가 풀린 것인지가 의문이었다.

"어떻… 게 눈치를 챈 거요? 완벽하게 숨겼다고 생각했는데."

단우연이 힘겹게 숨을 몰아쉬며 물었다.

"살기를 지우는 데는 성공했지. 하지만 암뇌제혼대법은 그리 만만한 것이 아니다. 대법이 풀리는 순간 본좌가 모른다고 여긴 것이 네놈의 실수다. 게다가 저놈."

단우 노야의 음산한 시선이 공손후에게 향했다.

"내가 보았을 때 너희 둘은 동수나 다름없었다. 상황이 아무리 급박하다고 해도 비슷한 실력자를 그렇게 쉽게 따돌리고 여기까지 온다는 것부터가 이상한 일이지 않느냐? 최소한 팔다리 하나쯤은 희생했으면 모를까."

단우연이 입술을 꽉 깨물었다.

사실이었다. 공손후는 공손민을 구하기 위해 무리해서 몸을 빼려 했고 그 순간 분명 공격할 틈이 있었다. 마음만 먹었다면 상당한 피해를 안길 수 있는 절호의 기회였으나 단우연은 그것을 일부러 모른 척 외면했고 덕분에 공손후는 무사히 몸을 뺀 후 공손민을 구해낼 수 있었다. 이후 단우연은 완벽하게 살기를 지우고 단우 노야에게 접근하여 기회를 노렸다. 문제는 단우 노야가 그런 자신의 의도를 처음부터 눈치를 채고 있었다는 것이다.

'그렇게 된 것이군.'

공손후도 그 점이 의아했다. 단우 노야 말대로 자신과 단우연의 실력은 그야말로 종이 한 장 차이. 방해를 하고자 했다면 결코 제때에 맞춰 몸을 뺄 수가 없었다. 그런데 별다른 피해 없이 몸을 빼고 공손민을 구해냈다. 단우연의 배려 없이는 결코 있을 수 없는 일이었다.

'과연 그랬군. 확실히 세뇌가 풀린 것이야.'

단우연이 세뇌를 당하긴 전, 단우 노야와 어떤 관계였는지를 떠올린 공손후는 단우연의 행동이 비로소 이해가 되었다.

"네놈이 어떻게 정신을 차린 것인지는 모르… 컥!"

잔인한 비웃음과 함께 단우연의 심장을 움켜쥔 손에 힘을 주던 단우 노야의 입에서 갑자기 비명이 터져 나왔다. 삶의 불꽃이 사그라드는 최악의 상황에서 최후의 기력을 모두 짜낸 단우연의 일격이 성공한 것이다.

단우 노야가 괴성을 내지르며 팔을 휘두르자 천마수에 가슴이 뚫린 단우연의 몸이 무참히 팽개쳐졌다. 심장이 뜯기는 순간 이미 절명한 단우연의 몸은 미동조차 하지 않았다.

단우 노야는 발등에 박힌 검을 빼내며 오만상을 찌푸렸다.

발등을 뚫은 검이 얼마나 땅속에 얼마나 깊게 박혔는지

쉽게 빠지질 않았다.

검이 뽑히자 발등에서 시뻘건 피가 솟구쳤다.

피도 피지만 고통이 상당했는지 검을 뽑아낸 단우 노야의 몸이 잠시 휘청거렸다.

"마지막까지 발악을……."

방금까지도 펄떡펄떡 뛰던 단우연의 뜨거운 심장을 움켜쥔 단우 노야가 검이 박힌 발등을 바라보았다. 그렇잖아도 붉었던 눈빛이 완벽하게 핏빛으로 변한 건 바로 그 시점이었다.

단우 노야가 여전히 펄떡이는 단우연의 심장을 입에 가져갔다.

설마 하는 표정으로 바라보던 이들은 단우 노야가 피가 뚝뚝 떨어지는 심장을 뜯어 먹기 시작하자 다들 아연실색했다. 그가 무인들의 정혈을 흡수한다는 사실이야 익히 알려진 것이었으나 설마하니 심장까지 먹을 줄은 상상도 못한 것이다.

소문으로만 나돌던 단우 노야의 끔찍한 행동을 보고 누구보다 충격을 받고 분노한 것은 그에게 두 딸을 잃은 공손후였다.

어느새 단우 노야의 입으로 완전히 사라진 단우연의 심장에 두 딸의 모습을 이입시킨 공손후는 활화산처럼 터져 나오는 분노를 참지 못하고 그대로 몸을 날렸다.

꽝! 꽝! 꽝!

조금 전, 단우연과의 싸움에서도 보여주지 않았던 절기들이 쉴 틈 없이 펼쳐졌다.

단우 노야는 천마수를 사방으로 휘두르며 공손후의 맹공을 막았다.

꽈꽈꽈꽝!

엄청난 폭음과 충격파가 전장을 뒤흔들었지만 중심에 있는 두 사람은 큰 영향을 받지 않는 듯했다.

'빌어먹을! 강하다는 것은 알고 있었지만.'

공손후는 검을 타고 전해지는 단우 노야의 저력에 두려움을 느껴야 했다. 단우 노야의 힘은 무저갱처럼 깊고 대해처럼 넓었다. 더구나 단우연과의 싸움에서 상당한 힘을 소모한 터라 이미 내력이 바닥을 보이고 있었다.

'지금 끝장을 본다.'

더 이상 시간을 끌 수 없다고 판단한 공손후가 모든 내력을 끌어모았다.

파스스스슛!

검에서 붉은 기운이 뿜어져 나왔다.

혈기는 공손후의 전신을 붉게 물들이는 것과 동시에 하늘로 솟구치며 그 존재감을 형상화시켰다.

천지 사방을 뒤덮는 무수한 혈룡 앞에서 모두들 넋이 빠진 표정이었으나 단우 노야는 달랐다.

핏빛으로 물들었던 눈동자에 잠시나마 총기가 돌아왔다.

어딘지 모르게 기대감에 찬 눈빛이다.

그 역시 천마수의 마기에 사로잡히기 전까진 천하를 오시했던 무인으로서 공손후만큼이나 강한 상대를 만난 것이 기쁜 듯했다.

그것도 잠시였다.

총기가 돌아왔던 눈빛은 이내 사라지고 사이한 웃음만이 남았다.

그 웃음이 거슬렸던 것인지 눈썹을 꿈틀거린 공손후가 검을 뻗자 수십 마리의 혈룡이 입을 쩍 벌리고 단우 노야를 덮쳤다.

그들만의 전장을 넘어 운중산 전체를 태워 버릴 만큼 환하고 뜨거운 열기에도 단우 노야는 미동도 없었다. 오히려 입가에 지어진 사이한 미소를 더욱 크게 키우더니 마침내 괴소를 터뜨렸다.

"크하하하하하!"

말 그대로 사자후와 같은 광소(狂笑)였다.

광소와 함께 단우 노야를 중심으로 웅장한 떨림이 일었다.

후우우우우우웅!

주변의 공기가 요동치고 단우 노야의 머리카락과 옷자락이 미친 듯이 펄럭일 때 천마수가 혈룡을 향해 움직였다.

천마수가 움직일 때마다 천둥 치는 소리와 함께 섬전이 번뜩거렸다.

천마수로 펼치는 묵뢰신장(墨雷神掌)의 위력은 실로 대단했다. 그것은 단순히 혈룡의 공세를 막는 것이 아니라 순식간에 그것을 무력화시키고 소멸시켜 버렸다.

당황한 공손후가 흩어지는 기운을 애써 추스르며 다시금 공세를 펼치려 했으나 온 공간을 뒤덮으며 덮쳐오는 뇌전 앞에선 모든 노력이 무용지물이었다.

꽈꽈꽈꽝!

묵빛 뇌전과 부딪친 모든 것이 박살 났다.

필사적으로 화염을 뱉어내던 혈룡, 여전히 강맹한 기운을 뿜어내던 검은 물론이고 주변에 존재하는 것들 모두가 흔적도 없이 바스러졌다.

단우 노야를 중심으로 사방 십여 장이 초토화되고 하늘 높은 줄 모르고 치솟던 흙먼지가 서서히 내려앉을 때 흙먼지를 뚫고 한 줄기 섬광이 단우 노야를 향해 날아들었다.

단우 노야가 귀찮다는 듯 손을 휘젓자 맹렬한 기세로 날아들던 섬광이 천마수에 힘없이 사로잡히고 말았다.

단우 노야는 천마수로 낚아챈 검을 보며 괴소를 터뜨렸다.

그의 시선이 검의 주인을 향해 움직였다.

시선이 향하는 곳, 이미 살아 있는 사람이라고 할 수 없을 정도로 엉망이 된 공손후와 하나 남은 팔로 간신히 부친을 부축하고 있는 공손민이 서 있었다.

공손민을 바라보는 단우 노야의 눈이 욕심으로 번들거렸다. 결코 사람의 눈이라 할 수 없었다. 핏빛으로 번들거리는 단우 노야의 눈빛은 먹잇감을 눈앞에 둔 맹수의 것보다 더욱 살기가 짙었다.

"아!"

단우 노야의 눈빛을 접한 공손민의 입에서 공포에 젖은 신음이 흘러나왔다.

도망치고 싶었지만 다시금 몸이 움직이질 않았다.

설사 몸이 움직인다고 해도 부친을 홀로 놓고 도망칠 그녀도 아니었다.

그녀는 혹여 도움을 줄 사람이 있는지 힘겹게 주변을 둘러보았다. 그러나 조금 전, 공손후를 쓰러뜨리는 순간부터 전장은 완벽하게 단우 노야의 통제하에 있다고 해도 과언은 아니었다.

싸움은 이미 멈춰 있었고 승패는 확연하게 갈렸다. 그 누구도 단우 노야에게 덤벼들 엄두를 내지 못했다.

모든 희망을 잃어버린 공손민이 무의식적으로 고개를 돌렸다.

빛이 존재하지 않는, 어둠에 잠겨 있는 숲이 보였다. 아마도 수호령주와 무황성의 지원군이 도착했다면 그 숲을 관통해 모습을 드러냈을 터였다.

숲은 너무도 고요했다.

바로 그때였다.

그녀의 텅 빈 눈동자를 향해 뭔가가 날아들었다.

수풀을 가르고 어둠을 밝히며 도착한 섬전.

자신을 향해 날아드는 섬전에도 어찌 된 일인지 그녀는 움직이지 않았다.

섬전은 그녀의 머리카락을 스치며 지나갔다.

풍압에 못 이긴 머리카락이 허공에 흩날릴 때 뒤쪽에서 폭음이 터졌다.

공손민의 시선이 돌아갔다.

그녀의 눈에 흉포한 표정으로 뒷걸음질 치는 단우 노야의 모습이 들어왔다. 그가 뒷걸음질 칠 때마다 땅이 푹푹 파였다.

"늦었다."

등 뒤로 인기척이 느껴졌다.

따뜻한 음성이 들려왔다.

그 어느 때보다 간절히 기다린 사람의 목소리.

맥이 탁 풀린 그녀가 휘청거리자 목소리의 주인, 적의 매복을 뚫고 마침내 전장에 도착한 진유검이 그녀와 이미 정신을 잃고 있는 공손후를 부축했다.

90장

결전(決戰)

감긴 눈을 떠보려 했지만 눈꺼풀이 천근만근 같았다.

그다지 큰 부상을 당한 것 같지도 않은데 어찌 된 일인지 손가락 까딱할 힘도 없었다. 당연히 몸도 움직여지지 않았다.

'점혈을 당한 것인가?'

정신을 잃기 전 상황을 유추해 보았다.

매복은 성공적이었다.

산외산의 이인자라 할 수 있는 이사형이 너무도 쉽게 무너진 것이 아쉽긴 해도 나머지 사형제들은 충분히 제 몫을 해주었다. 확실히 숨을 끊는 데 성공했는지는 모르겠지만 어쨌든 수호령주의 핵심 수하들이라 할 수 있는 몇몇 늙은 이들을 무력화시킨 것은 틀림없으니까.

특히 자신의 명을 제대로 수행한 빙마곡 무인들의 활약은 칭찬해 줄 만했다. 만약 그들의 활약이 없었다면 수호령주와 무황성, 천마신교의 무인들의 이동이 훨씬 빨랐을 터. 그들의 활약 덕에 지원군 중 최소 삼 할의 전력을 날려 버리고 시간까지 확실히 지연시켰으니 이만하면 계획했던 작전을 완벽하게 성공했다고 자부할 수 있었다.

재수 없게도 자신의 존재를 수호령주에게 들키기 전까지는.

'젠장! 그래, 기억난다. 수호령주.'

온전히 정신을 차리자 그토록 무거웠던 눈꺼풀도 한층 가벼워졌다. 다만 어떻게 제압을 당한 것인지 몸은 여전히 움직일 수가 없었다.

천천히 눈을 떴다.

눈을 뜨는 것과 동시에 아랫배에 엄청난 고통이 들이닥쳤다.

"컥!"

단우종이 두 눈을 부릅뜨며 비명을 내질렀다.

상체와 하체가 하늘 높이 치켜 올라갔지만 진유검에게

아랫배를 짓밟힌 터라 그것이 그가 할 수 있는 몸부림의 전부였다.

"정신을 차린 것 다 알고 있으니 쥐새끼처럼 잔머리 굴릴 생각은 하지 마라."

아랫배가 터지도록 힘을 주는 진유검의 음성이나 안색은 참을 수 없는 분노로 가득했다.

단우종의 명령에 의해 얼마나 많은 이가 목숨을 잃었던가.

생각만으로도 치가 떨리고 당장에라도 목을 날려 버리고 싶은 살심이 치솟았다. 다만 그가 단우 노야의 핏줄이요 후계자라는 말이 있었기에 잠시 인내하는 것뿐이었다.

이곳 전장의 싸움이 치열했던 만큼 산 반대편 쪽에서의 싸움도 나름 치열하고 처절하게 펼쳐졌다.

루외루, 나아가 무황성과의 싸움에서 완벽한 승리를 원했던 단우종은 하공을 필두로 산외산의 최고 고수들을 동원하여 수호령주와 지원군의 발목을 잡고자 했다.

그것으로도 부족해 단우종은 또 다른 암계를 꾸몄다. 그가 준비한 것은 화공이었다.

오랜 가뭄으로 산은 메말라 있었고 때마침 바람의 방향까지 남동풍이었기에 안성맞춤이었다.

단우종은 하공이 진유검에게 패하자마자 은밀히 대기하

고 있던 빙마곡의 무인들에게 미리 준비한 화약과 기름에 불을 붙이도록 명했다.

불을 붙이기가 무섭게 활화산처럼 타오른 불길은 운중산 서북면을 순식간에 뒤덮었다.

눈 깜짝할 사이에 최소한 백여 명이 넘는 인원이 목숨을 잃었다. 아직 불길을 빠져나오지 못한 자들이 많았기에 피해 인원은 계속 늘고 있었다.

적과 싸워보지도 못한 채 질식하거나 불에 타 죽는 참사가 벌어진 것이었으니 당하는 입장에서 이만큼 분통터지는 일도 없었다.

진유검이 하늘 높이 충천하는 불길을 뚫고 곳곳에 매복해 있던 자들의 암습을 모조리 물리치며 모든 일의 원흉이라 할 수 있는 단우종을 제압한 것은 그가 단우 노야의 품으로 무사히 도망치기 일보 직전이었다.

자신의 계획이 완벽하게 성공했다는 자신감에 끝까지 긴장감을 유지하지 못한 자만심의 말로였다.

진유검이 단우종을 제압하고 그의 검을 빼앗아 때마침 공손민을 위협하던 단우 노야를 물러나게 한 것은 거의 동시에 벌어진 일이었다.

단우 노야는 단우종을 짓밟고 있는 진유검을 보면서 아무런 말도 행동도 취하지 않았다. 다만 전신에서 일렁이는 기운은 그가 얼마나 진유검을 만나고 싶어 했는지를 간접적으로 확인할 수 있었다.

"이자가 당신의 핏줄이라고 들었소."

진유검이 단우종의 아랫배를 누르고 있는 발에 지그시 힘을 가하며 말했다.

"핏줄이라. 그래, 핏줄이라면 핏줄이겠지. 이놈이나 저놈이나 본좌의 핏줄이 아닌 놈이 몇이나 있겠느냐?"

조금의 감정도 느껴지지 않는 음성에 발밑에 깔려 있는 단우종은 불안감에 사로잡혔다.

'서, 설마!'

단우 노야의 성정상 포로가 된 자신을 위해 손해를 감수할 리가 없었다. 정상적인 상황일 때도 그럴진대 온전한 정신이라고 할 수 없는 지금이라면 더욱 그랬다.

"후계자로 생각하고 있다고 들었는데 아닌 모양이군."

진유검이 조금은 실망스러운 표정을 지었다.

"인질로서의 가치도 당연히 없겠고."

"자, 잠깐……."

다급한 외침에도 진유검은 미련 없이 단우종을 걷어찼다.

"끄아아아악!"

허공을 날아가는 단우종의 입에서 끔찍한 비명이 터져

나왔다.

단순히 발길질을 당했다고 여기기엔 그의 반응이 너무도 격렬했다. 몇몇 눈치 빠른 사람들은 진유검이 발길질과 동시에 단우종의 단전에 뭔가 조치를 취했음을 눈치챘다.

단우 노야는 사지를 마구 흔들며 날아오는 단우종을 가볍게 낚아챘다.

"하, 할아버님."

천마수에 목이 잡힌 채 온몸을 축 늘어뜨린 단우종이 공포에 젖은 눈동자로 단우 노야를 불렀다. 핏빛 눈동자에 담긴 무심한 눈길에 뭔지 모를 불안감을 느낀 것인지 입술을 부들부들 떨고 있었다.

"이런 한심한 꼴이라니."

"그, 그게 아니라……."

"됐다."

몇 마디 말조차 듣기가 귀찮다는 진유검에게 고개를 돌린 단우 노야가 천마수에 힘을 주었다.

뼈마디 부러지는 소리와 함께 단우종의 몸이 축 늘어졌다.

단우 노야는 단우종의 숨통을 끊는 것으로도 부족했는지 머리통을 아예 박살을 내버리며 웃었다.

"병신 따위는 필요 없느니."

자신의 핏줄을 조금의 망설임도 없이 처참하게 살해하는 것을 지켜보는 모든 이들이 얼굴에 두려움이 묻어났다.

어느 정도는 지금의 상황을 예상하고 이끌어낸 진유검 또한 눈살을 찌푸렸다.

'완전히 변했군.'

일전에 보았던 단우 노야는 성정이 괴팍하기는 했어도 이 정도까지는 아니었다. 천마수의 마기에 잠식을 당해 괴물이 되어버렸다더니만 그 말이 틀림없는 것 같았다.

하지만 기세만큼은 여전했다. 아니, 과거에 비해 더 무겁게 느껴졌다. 일전에도 만만치 않았으니 꽤나 힘든 싸움이 될 것 같은 예감이 들었다.

"이만 비켜 있는 것이 좋겠다."

진유검이 혼절한 부친을 안고 힘겹게 서 있는 공손민을 바라보며 말했다.

"오라버니, 저 노물 정말 강해."

공손민이 단우 노야를 노려보며 말했다. 든든한 아군이 곁에 있어서 그런지 조금 전 공포에 젖었던 모습에선 어느 정도 벗어난 듯했다.

"나도 강해. 걱정은 하지……."

가볍게 웃으며 어깨를 두드리려 했던 진유검이 흠칫하며 손을 뺐다.

공손민이 쓴웃음을 지으며 말했다.

"괜찮아, 대신 목숨을 구했으니까."

"내 잘못이다. 조금만 빨랐어도……."

진유검의 입에서 안타까운 한숨이 흘러나왔다.

"정말 괜찮다니까. 조금 볼품이 없기는 해도 목숨하고 바꾼 셈이니 손해나는 장사는 아니었어."

애써 웃는 그녀를 보며 진유검은 가슴이 쓰렸다.

'녀석을 볼 면목이 없네.'

그녀에게도 미안한 일이었지만 무황성에 남은 독고무를 떠올리자 가슴이 무거웠다.

"대신 미안하면 반드시 죽여줘, 저 괴물."

다짐받듯 내뱉은 공손민은 진유검의 대답도 기다리지 않고 뒤로 물러났다. 루외루 무인들이 그녀를 돕기 위해 황급히 움직였다.

비틀거리는 공손민의 뒷모습을 보며 진유검이 조용히 답했다.

"그래, 맡겨둬."

따져보면 이 모든 참상이 단우 노야의 목숨을 살려준 자신으로 인해 벌어진 일이 아니던가. 이제 그 잘못을 수습할 때가 되었다.

단우 노야를 응시하는 진유검의 표정은 무섭도록 차분

했다.

"무황성에선 신세를 많이 졌소."

무황성을 언급하는 진유검의 음성에서 찐득한 살기가 느껴졌다.

"네 녀석을 만나려고 간 것인데 그러질 못해서 좀 아쉬웠었다. 신세라 했느냐? 본좌가 할 말을 대신 하는구나. 그때의 패배는 결코……."

진유검에게 패한 뒤 비참하게 변했던 자신의 모습을 떠올린 것인지 단우 노야의 등 뒤로 스멀스멀 피어오르던 마기가 크게 요동쳤다.

"그날 이후, 단 하루도!"

단우 노야가 조금 전, 자신의 발등에 박혔던 검을 뽑아 치켜세우며 목소리를 높였다.

"네놈의 얼굴을 잊어본 적이 없다."

아귀처럼 일그러진 얼굴을 한 단우 노야가 진유검을 향해 폭풍처럼 쇄도했다.

걸음을 내디딜 때마다 발등에서 피가 솟구쳤지만 진유검과 만나는 순간부터 상처 따위는 이미 그의 뇌리에서 사라진 뒤였다.

파스스스스!

대기를 가르며 다가오는 검기를 보면서 굳이 부딪칠 필

요가 없다고 여긴 진유검이 차분히 몸을 틀었다.

그런 행동을 기다렸다는 듯 코웃음을 친 단우 노야의 검이 춤을 추고 그때마다 무시무시한 속도로 날아든 검이 진유검의 전신을 노렸다.

진유검은 여전히 반격을 하지 않은 채 오로지 발걸음과 몸놀림만으로 공격을 피해냈다. 그는 탐색전이라도 하듯 신중하게 상대의 움직임을 살폈다.

그렇게 십여 초가 흐르던 순간, 심장을 향해 찔러오는 검을 피하기 위해 몸을 뉘었던 진유검이 한쪽 발을 뒤로 빼며 중심을 잡고 단우 노야를 향해 왼손을 뻗었다.

한 줄기 섬전이 단우 노야의 눈을 노리며 뻗어 나갔다.

단우 노야가 즉시 검을 끌어당겨 눈을 보호했다.

땅!

차가운 금속성과 함께 단우 노야의 몸이 흠칫했다.

검을 쥔 손이 찌르르 울리는 것이 생각보다 훨씬 강한 위력이었다.

그사이 단우 노야의 공세에서 완전히 벗어난 진유검이 가볍게 호흡을 가다듬으며 단우 노야를 바라보았다.

단우 노야가 여전히 떨림을 멈추지 않고 있는 검을 툭 던졌다.

분위기가 확 바뀐 것은 그때부터였다.

오싹한 기운이 단우 노야의 전신을 휘감기 시작하고 핏빛처럼 붉었던 눈동자에 어둠이 자리 잡기 시작했다.

'뭐지?'

심상치 않음을 넘어 불길함이 엄습했다.

진유검이 단우 노야의 전신을 뒤덮는 마기를 보며 심호흡을 했다.

호흡이 멈췄다고 느껴지는 순간, 몸이 사라졌다.

단우 노야의 검은 눈동자가 흔들렸다.

단순히 빨라서 놓친 것이 아니다.

말 그대로 눈앞에서 사라진 것이다.

빛을 가른다는, 극성의 분광보가 펼쳐졌다.

단우 노야가 앞으로 뛰어 올랐다.

본능적인 움직임이었다.

단우 노야의 시야가 미치지 못하는 곳에서 몸을 드러낸 진유검이 손을 뻗자 화려한 연꽃이 허공을 수놓았다.

단우 노야는 급히 천마수를 휘둘러 자신을 압박하는 연꽃을 쳐냈다.

꽝! 꽝! 꽝!

천마수와 부딪친 연꽃이 산화할 때마다 거대한 폭음이 터지며 광풍이 전장에 휘몰아쳤다.

'무슨 위력이……'

연화장을 무력화시킨 천마수의 위력이 고스란히 몸에 전해지자 진유검은 입술을 깨물었다. 그리고 황급히 내력을 운용해 몸속으로 파고드는 마기에 대항했다.

후우우웅!

대기를 흔들며 이동하는 천마수를 따라 섬뜩한 마기가 일렁였다. 그 마기가 하나의 생명체가 되어 진유검을 위협했다. 그의 머리를, 목을, 심장을, 단전을.

"흡!"

당황스러움이 뒤섞인 외마디 기합성과 함께 전력으로 분광보를 시전하자 진유검의 몸이 순식간에 사라졌다.

꽈꽈꽝!

진유검의 잔상을 스치며 지나간 마기가 주변의 모든 것을 초토화시켰다.

극성의 분광보를 시전했음에도 단우 노야를 완전히 따돌리지 못했다.

진유검만큼이나 빠른 몸놀림으로 퇴로를 차단한 단우 노야가 천마수를 휘둘렀다.

묵빛 강기가 짓쳐들어오자 피하기는 늦었다고 판단한 진유검이 양 팔목을 교차하며 강기에 맞섰다.

꽈꽈꽈꽝!

충돌음은 요란했지만 정작 진유검은 큰 타격을 받지 않

은 모습이었다.

한쪽 무릎이 반으로 꺾인 것인 것이 변화의 전부였다.

그사이 단우 노야는 이미 진유검의 코앞까지 육박해 있었다.

황급히 몸을 세운 진유검이 단우 노야의 공격에 대비하며 살짝 몸을 뺐다.

헤아리기 힘들 정도로 많은 천마수의 수영이 진유검을 시야를 어지럽혔다.

진유검은 냉정한 눈빛으로 상대의 공세를 살폈다.

그는 궁극의 이화접목의 수법으로 회피할 수 있는 것은 회피하고 몸으로 받아낼 수 있는 것은 받아내며 단우 노야의 허점을 파고들 기회만을 노렸다.

인고의 끝에 마침내 기회가 왔고 진유검은 놓치지 않고 회심의 일격을 날렸다.

퍽!

둔탁한 소리와 함께 진유검의 장력이 단우 노야의 가슴에 작렬했다.

단우 노야의 호신강기가 그의 몸을 보호하고 있었지만 그 보호망을 뚫고 기어이 일격을 꽂아 넣은 것이다.

"크으으으!"

나직한 신음과 함께 단우 노야의 신형이 형편없이 나뒹

굴었다.

"아!"

전장에서 멀찌감치 떨어져 두 사람의 싸움을 숨죽이며 지켜보던 이들 모두가 감탄을 금치 못했다.

산외산의 산주를 일격에 참살하고 루외루의 루주마저 가볍게 격퇴한 괴물이 진유검의 공격을 감당하지 못하고 나뒹구는 장면은 그야말로 모든 이들의 가슴을 뜨겁게 달구기에 충분했다.

물론 그 공격으로 싸움이 끝날 것이라 생각한 사람은 아무도 없었다.

느릿느릿한 움직임으로 땅을 짚고 일어선 단우 노야가 진유검에게 시선을 고정시킨 채 천천히 다가왔다.

분노와 그 분노가 불러일으킨 마기가 하늘을 찌를 지경이었으나 그럼에도 서두르지 않는 단우 노야를 보며 진유검은 침을 꿀꺽 삼켰다.

냉정한 상대만큼 위험한 상대는 없는 법. 어쩌면 진정한 싸움은 지금부터였다.

한 걸음 한 걸음.

단우 노야가 걸음을 내디딜 때마다 꿈틀대는 마기가 천마수에 응축되고 있었다.

진유검은 그를 기다리지 않았다.

한 점 빛으로 화한 무흔지가 쏘아졌다.

접근하던 단우 노야가 빠르게 몸을 틀었다.

연이어 쏘아져 오는 무흔지를 피하느라 중심이 흔들린 단우 노야는 천마수에 응축됐던 마기가 흐트러지는 것을 느끼며 악귀처럼 인상을 구겼다.

쐐애애애액!

언제 집어 들었는지 진유검의 검이 날아들었다.

뒷걸음질 치던 단우 노야의 손에도 어느새 검 하나가 들려 있었다.

단우 노야의 손에 들린 검 위로 묵빛 강기가 솟구쳤다.

번쩍!

새하얀 빛이 허공을 갈랐다.

단섬.

천하제일의 쾌검이 단우 노야의 목숨을 노렸다.

그러나 단우 노야는 단섬의 빠름에 정확히 반응했다.

단섬은 단우 노야의 전신을 보호하고 있는 마기를 가르고 지나갔지만 마지막 한 겹을 뚫지 못했다.

'빌어먹을!'

검을 거둔 진유검이 재빨리 공격을 바꿨다.

폭뢰였다.

단순히 호신강기로 버틸 수 없다고 판단한 단우 노야가

황급히 검을 치켜 올렸다.

꽈꽈꽈꽝!

거대한 폭발과 함께 두 사람의 검이 산산조각 나버렸다.

그 파편이 회오리처럼 쏘아져 나가며 소멸했지만 일부는 끝까지 살아남아 두 사람의 호신강기마저 뚫고 몸속 깊숙이 틀어박혔다.

단우 노야는 손잡이만 남은 검을 집어 던지고 천마수를 앞세우며 달려들었다.

진유검은 당황하지 않고 침착히 발걸음을 놀리며 회피하다가 어느 정도에 이르렀을 때 연속적으로 장력을 뿌리며 반격했다.

두 사람의 공방이 순식간에 오십여 초에 이르며 난마처럼 얽혔다.

사람들의 눈에는 그저 한데 뒤엉켜 주먹질을 내지르는 것처럼 보였지만 찰나의 순간, 수십 개의 타격이 상대의 목숨을 노리며 나타났다 사라졌다.

속도는 점점 빨라지고 있었다.

몸이 감당하기 힘들 정도로 빨라진 속도에 온몸의 관절이 비명을 질렀고 숨이 턱 하고 막혀왔다.

제대로 호흡을 할 수도 없었다.

한 치의 방심조차 용납되지 않았다.

찰나의 틈을 비집고 들어오는 상대방의 공격은 실로 치명적이었다.

진유검의 장력이 단우 노야의 왼쪽 어깨에 작렬했다.

그 순간, 천마수가 진유검의 옆구리를 훑고 지나갔다.

서로의 살점이 뜯겨 나가고 핏줄기가 솟구쳤다.

그럼에도 멈출 수가 없었다. 멈추는 순간 숨통이 끊어질 터였다.

진유검이 단전을 파고드는 천마수를 흘려내며 단우 노야의 좌측으로 빙글 몸을 돌리며 일격을 날렸다.

단우 노야가 괴성을 지르며 뒤로 밀려났다.

'부족하다.'

공격을 성공시켰지만 진유검은 만족할 수가 없었다.

제대로 들어간 공격이라 판단을 했건만 호신강기를 완벽하게 뚫기는 역부족이었다.

그때, 질식할 듯한 전장의 분위기를 깨버리는 외마디 비명이 들려왔다.

잠시 거리를 두고 있던 진유검과 단우 노야의 시선이 동시에 돌아갔다.

무황성과 천마신교의 무인들이 운중산 서북면을 완전히 잿더미로 만들어 버린 불길을 뚫고 속속 도착하고 있었다.

그 과정이 얼마나 힘들고 처절했는지는 그들의 초췌한 모습이 여실히 보여줬다.

하지만 두 사람의 시선은 그들이 아니라 그들과 조금 떨어진 곳에서 싸늘한 시신으로 변한 부친의 주검을 안고 울부짖는 단우린에게 향해 있었다.

단우 노야에게 목숨을 잃고 전장에 팽개쳐졌다가 단우 노야와 공손후의 충돌의 여파로 한쪽 팔과 두 다리마저 잃어버린 단우연. 폭풍에 휘말려 날아가 처박힌 곳이 다름 아닌 지원군들이 전장으로 향하던 길목이었고 하필이면 단우린이 그런 부친의 시신을 알아본 것이다.

불안함 속에서도 일말의 희망을 잃지 않고 전장에 도착했으나 결국 부친은 심장을 뜯기고 사지 중 겨우 팔 하나만을 보존한 채 목숨을 잃고 말았다. 그런 부친의 처참한 모습에 단우린은 완전히 넋을 잃었다. 그저 울고 또 울부짖었다.

단우린의 절망적인 모습에서 진유검은 그녀의 품에 안긴 시신이 산외산주임을 확신했다.

'루외루주에게 당한 것인가?'

단우연이 어떻게 목숨을 잃은 것인지 알지 못했기에 진유검으로선 당연한 의문이었다.

진유검은 자신도 모르게 공손민이 물러난 곳으로 고개를

돌렸다. 그것이 실수였다.

단우린의 모습을 보는 순간부터 갑자기 치솟는 알 수 없는 욕구, 욕망에 시달리던 단우 노야의 신형이 빛살처럼 움직였다.

아차 싶은 진유검이 즉시 따라 움직였다.

애당초 단우 노야의 위치가 그녀와 가까운 거리에 있던 데다가 진유검이 고개를 돌리는 틈을 타 순식간에 움직인 터라 따라잡기가 쉽지 않았다.

문제는 또 있었다.

단우 노야와 공손후의 싸움 이후, 손을 멈추고 물러나 있던 산외산의 무인들이 일제히 진유검의 앞을 가로막은 것이다.

머릿속으로 암뇌제혼대법을 떠올린 진유검이 분노를 참지 못하고 소리쳤다.

"이런 미친 늙은이가!"

욕설과 함께 허공을 뛰어오른 진유검이 그대로 검을 휘둘렀다.

지금 발목이 잡히면 단우린이 위험했다.

단숨에 모든 것을 끝내겠다는 의지가 담긴 검이 춤을 추었다.

파스스스슷!

무시무시한 검기가 앞을 가로막기 위해 달려든 적들을 덮쳤다.

공격을 받은 이들이 저마다의 무기를 휘두르며 급히 방어에 나섰으나 의미가 없었다.

그들의 방어막 위로 훑고 지나가는 진유검의 공격은 그들의 예측을 훨씬 뛰어넘는 것이었다.

처참한 비명과 함께 도륙되는 시신들.

하지만 길은 이미 막히고 말았다.

낭패한 진유검이 바람처럼 내달리는 단우 노야의 뒷모습을 바라보았다. 다행히 여우희를 필두로 무황성의 무인들이 그를 막기 위해 움직이고 있었다.

'아직 늦지 않았다.'

자신의 발걸음이 묶인 것처럼 단우 노야 역시 쉽게 단우린을 공격하지는 못할 것이다.

결국 시간 싸움이었다.

검을 곧추세운 진유검이 자신을 향해 달려오는 자들을 차갑게 노려보았다.

숫자에 자신이 있다고 판단한 것인지, 아니면 단우 노야의 세뇌로 인해 판단을 제대로 못 내리는 것인지 진유검을 향해 달려드는 산외산의 무인들은 다들 자신감에 차 있었다.

공격 역시 무모할 정도로 과감했다.

수십 명의 공격이 하나가 되어 진유검에게 쇄도했다.

진유검은 천천히 발을 움직이며 검을 휘둘렀다.

천망이었다.

하늘마저 가둔다는, 어쩌면 오만하기 그지없는 이름의 초식명이었으나 그 이름만큼 적절한 것은 찾기가 힘들었다.

검의 궤적을 따라 형성된 방어막이 천하를 가두었다.

진유검에게 쏟아지던 공격 또한 예외는 될 수 없었다.

천망이란 방패 앞에 모든 것이 허무하게 사라졌다.

꽝!

엄청난 폭음과 함께 진유검의 역공이 시작되었다.

극도로 집중을 하자 주변 모든 이들의 상황이 한눈에 들어왔다.

적들의 표정, 숨소리, 심장 뛰는 소리, 발걸음 등 모든 것이 전신의 감각을 통해 낱낱이 전해졌다.

진유검이 왼쪽 손을 들었다.

너무도 자연스러운 동작에 아무도 그것을 신경 쓰지 않았다. 왼쪽 손에서 발출된 무흔지가 무방비 상태로 있던 사내의 목줄을 꿰뚫어 버릴 때까지는.

진유검의 눈동자가 가장 가까이에 있는 적을 훑었다. 훑었다고 생각하는 순간, 몸은 이미 그에게 접근하고 있었다.

당황한 사내가 진유검을 향해 검을 뻗으려 하였으나 미처 손잡이에 힘을 주기도 전에 그의 목이 허공으로 치솟았다.

진유검이 나아가던 탄력을 이용해 검을 던졌다.

손을 떠난 검은 섬전처럼 날아가 목표물을 정확히 꿰뚫었다.

진유검의 몸은 이미 반대편으로 움직여 또 다른 사내의 품을 파고들고 있었다.

"으아아아아!"

괴성을 지르며 물러나려는 사내, 필사적으로 피하려 하였으나 이미 늦었다.

사내의 가슴에 화려한 꽃이 피었다.

피를 토하며 무너지는 사내의 등을 짚고 도약한 진유검이 입을 쩍 벌린 채 물러나는 이들의 머리를 후려 쳤다.

머리가 터지며 흩어지는 동료의 피와 뇌수를 피하며 공포와 분노, 두려움이 한데 뒤섞인 욕설과 외침이 마구 난무했다.

그렇게 반각이 흘렀을 때 진유검을 막고 있던 이들 중 단 한 명도 살아남지 못했다.

연이은 격전에 꽤나 지친 상황이었으나 진유검은 지체 없이 몸을 날렸다.

이상할 정도로 단우린을 노리며 미쳐 날뛰는 단우 노야와 그를 막기 위해 필사적으로 대항하는 이들의 싸움이 워낙 급박하게 돌아가고 있었기 때문이다.

"크아악!"

외마디 비명과 함께 비틀거리며 물러나는 사람을 확인한 진유검의 눈에서 불똥이 튀었다.

천마신교를 이끌고 온 악휘, 천마신교에서도 세 손가락 안에 꼽히는 그가 당할 정도라면 상황은 생각보다 더욱 좋지 않다는 것을 의미했다.

바람처럼 내달리는 진유검의 시선에 쓰러져 신음하고 있는 사람이 잡혔다. 가슴이 짓뭉개진 채 겨우 숨을 쉬고 있는 사람은 다름 아닌 임소한이었다.

심장이 쿵 하고 내려앉았다.

"괜찮습니까?"

진유검을 알아본 임소한은 아무런 대꾸도 없이 손을 뻗어 단우 노야를 가리켰다. 말이 필요 없었다.

진유검이 이를 악물었다.

생사의 기로에 놓인 임소한을 그냥 지나쳐야 한다는 것이 못내 마음에 걸렸지만 우선은 단우 노야를 막는 것이 더 중했다.

'조금만 버텨주시길,'

마음속으로 임소한의 건투를 빈 진유검이 손을 뻗자 그의 손으로 다섯 자루의 검이 빨려들어 왔다.

"아!"

가슴을 파고드는 천마수를 막을 방법이 없었던 여우희의 입에서 절망 섞인 탄식이 터져 나왔다.

최선을 다했다. 자신뿐만 아니라 내로라하는 고수들이 단우 노야를 막기 위해 필사적으로 노력했다.

하지만 결과는 참담할 정도였다.

매복을 뚫는 과정에서 적지 않은 부상을 당했던 항정은 이미 목숨을 잃었고 누구보다 선전을 했던 임소한도 조금 전, 단우 노야의 일격을 맞고 쓰러졌다.

천마신교의 악휘와 그를 보좌하던 고수들은 물론이고 신도세가의 고수들마저 속절없이 무너졌다. 적들이 펼친 매복과 화공을 뚫느라 많이 지쳤다고는 해도 진유검과 싸운 단우 노야에 비할 바는 아니었으니 그 신위를 뭐라 표현할 길이 없었다.

더 이상은 버틸 힘도 없었다.

모든 것을 체념하고 죽음을 기다리는 찰나, 여우희의 눈에 질풍처럼 달려오는 진유검의 모습이 들어왔다. 더불어 그의 손에 빨려들어 가는 몇 자루의 검까지도.

죽음을 기다리던 그녀의 눈동자에 생기가 돌았다.

진유검이 아무리 빨리 움직여 도착한다고 해도 자신의 죽음을 막을 방법은 없었다. 그래도 이대로 죽기엔 너무도 억울했다.

생각을 정리하기도 전, 가슴 어귀에서 극통이 찾아왔다.

여우희는 자신의 심장을 틀어쥐고 악귀처럼 웃고 있는 단우 노야를 보며 마지막 남은 기력을 짜냈다.

여우희의 팔이 천마수를 움켜쥐는 순간, 철컥하는 소리와 함께 그녀가 최후의 순간까지 놓지 않았던 연검이 그녀의 팔과 천마수를 휘감아 버렸다.

그녀의 행동이 마음에 들지 않았는지 단우 노야는 움켜쥔 그대로 심장을 뽑아버렸다.

그런데 연검으로 된 결박이 의외로 견고했다. 물론 못 풀 정도는 아니었다. 다만 결박을 풀기 위한 잠깐의 멈칫거림, 바로 그것이 여우희가 죽음으로써 만든 기회였다.

진유검이 날린 다섯 자루의 검이 그녀의 기대에 정확히 부응했다.

등 뒤에서 짓쳐들어오는 검의 움직임을 눈치챈 단우 노야가 천마수를 결박하고 있는 연검을 단숨에 끊어버리고 몸을 날렸다.

빛살처럼 날아든 검이 그를 덮쳤다.

두 자루는 천마수로 쳐내고 두 자루는 몸을 움직여 피해 냈지만 가장 늦게 날아든 검이 호신강기를 돌파하여 아랫 배에 박혔다.

앞선 네 자루의 검이 단우 노야의 시선을 끌기 위함이었 다면 뒤늦게 도착한 검이야말로 진유검의 전력이 담긴 공 격이었다.

단우 노야의 괴성이 전장을 뒤흔들고 검에 이끌려 십여 장을 날아가 처박힌 단우 노야를 보며 다들 환호성을 질렀 다.

단우 노야가 제아무리 뛰어난 고수라 하더라도 진유검은 그를 능가하는 고수가 아니던가. 그가 던진 검이 아랫배를 관통했으니 결과는 뻔했다. 설사 당장 목숨이 끊어지지 않 을지는 몰라도 치명상을 면키 어려우리라.

그것을 증명이라도 하듯 비참할 정도로 형편없이 처박힌 단우 노야는 미동조차 하지 않았다.

모두가 진유검의 승리를 확신하는 순간, 여우희의 시신 을 참담한 표정으로 바라보던 진유검만큼은 긴장을 풀지 않았다.

애당초 단전이 박살 난 상황에서 지금과 같은 괴물로 부 활한 터. 천마수가 어떤 끔찍한 조화를 부릴지는 함부로 예 측할 수가 없는 것이었다.

과거와 같은 실수를 절대로 하고 싶지 않았던, 기회가 왔을 때 확실히 끝을 내야 한다고 여긴 진유검이 단우 노야를 향해 신중히 걸음을 놓렸다.

　급격히 거리가 가까워졌다.

　십 장, 구 장, 팔 장.

　오 장여에 이르렀을 때 진유검이 걸음을 멈췄다.

　딱딱히 굳은 얼굴, 눈동자는 크게 흔들렸다.

　죽은 듯 누워 있던 단우 노야의 신형이 조금씩 움직였다.

　단전에 박혀 있던 검이 조금씩 밀려 나왔다.

　진유검의 시선은 힘없이 밀려나는 검이 아니라 눈이 부실 정도로 빛나기 시작하는 천마수에 향해 있었다.

　천마수에서 시작된 묵광이 단우 노야의 전신을 뒤덮기 시작하고 온몸에 빼곡히 새겨졌던 상처가 빠르게 사라졌다. 심지어 조금 전 진유검에 의해 박살이 난 단전까지 원상 복구되고 있었다.

　"뭐, 뭐야? 이 무슨 말도 안 되는……."

　"맙소사!"

　단우 노야의 변화를 지켜보는 이들의 눈에 경악이 서렸다. 너무도 공포스러운 광경에 입을 쩍 벌린 채 숨도 제대로 쉬지 못했다.

　오직 진유검만이 애써 침착함을 유지한 채 단우 노야의

변화를 살폈다. 문득 과거의 기억이 떠올랐다.

'공손설악이라고 했던가.'

언젠가 지금과 똑같은 경험을 한 적이 있었다.

당시 죽어가던 공손설악은 천마수에 잡아먹힌 뒤 경악스러울 정도로 막강한 힘을 보여줬다. 문제는 당시 공손설악과 눈앞의 단우 노야는 비교 자체가 되지 않을 정도로 실력 차이가 난다는 것.

'얼마나 강해질지 상상조차 할 수 없다.'

진유검은 자신도 모르게 흠칫 몸을 떨었다.

그사이 몸을 일으킨 단우 노야는 잠시 동안 멍하니 있다가 진유검을 응시하며 괴소를 흘렸다.

"크크크크크."

인간의 것이라곤 생각할 수 없을 정도로 소름 끼치는 웃음. 동시에 아까와는 비교도 할 수 없을 정도의 위험이 느껴졌다.

"완전히 잡아먹혔군."

진유검의 입에서 절로 한숨이 흘러나왔다.

지금까지 상대한 단우 노야는 분명 천마수에 영향을 받았을지는 몰라도 지금처럼 자아를 완전히 상실한 괴물은 아니었다. 극복을 했는지는 알 수 없지만 어느 정도 마기를 통제한 것만은 틀림없었다. 한데 지금 천마수의 마기를 제

어하고 있던 단우 노야의 자아가 완전히 사라졌다. 그만큼 더 강해졌다는 것이 문제라면 문제였다.

"크아아아악!"

괴성과 함께 단우 노야가 달려들었다.

도망칠 수도 그럴 이유도 없었다.

진유검은 오로지 자신만을 노리며 달려드는 단우 노야를 향해 전력을 다해 검을 날렸다.

빛살마도 가른다는 단섬이 단우 노야의 목덜미에 정확히 작렬했으나 돌아온 것은 날카로운 금속성과 함께 마기로 똘똘 뭉친 괴성이었다.

'역시.'

일격을 날리고 재빨리 물러나는 진유검의 안색이 어두워졌다. 일전에 천마수의 마기에 잡아먹힌 공손설악이 그랬듯 단우 노야의 신체 역시 완벽한 금강불괴로 변해 버렸다.

공손설악이 뚫어낼 여지가 있었다면 단우 노야는 아예 틈이 보이지 않는 금성철벽과도 같았다.

"어쨌든 두드려 보면 알겠지."

애써 마음을 다잡은 진유검이 신중히 자세를 잡자 검 끝에서 삼 장에 이르는 강기가 솟구쳤다.

단우 노야는 거대한 강기를 보면서도 일말의 두려움도 없이 달려들었다.

그는 눈앞에 보이는 모든 것을 부숴 버리겠다는 듯 미친 듯이 천마수를 휘둘렀다.

진유검도 피하지 않고 검을 뻗었고, 눈부신 검강이 천마수와 정면으로 부딪쳤다.

꽈꽈꽈꽈꽝!

운중산 전체를 통째로 날려 버리는 듯한 폭음과 함께 무지막지한 충격파가 사방을 휩쓰는 사이 폭음을 관통하는 괴성과 함께 악귀의 형상을 한 단우 노야의 신형이 허공으로 치솟았다.

오 장여를 치솟은 단우 노야의 손에는 누군지 모를 시신의 발이 잡혀 있었다.

단우 노야가 충돌의 충격을 감소시키기 위해 뒷걸음질 치던 진유검을 향해 시신을 휘둘렀다.

휘두르는 힘이 어찌나 강한지 진유검에게 도착하기도 전 갈가리 찢긴 시신의 육편(肉片)과 골편(骨片)이 무수한 암기가 되어 온 공간을 뒤덮었다.

설마하니 시신을 무기로 쓸 줄이야.

진유검은 이를 부득 갈며 검을 휘둘렀다.

천망.

검에서 솟구친 기운이 부드럽게 원을 그리며 끔찍한 모습으로 쏟아지는 육편과 골편을 모조리 튕겨냈다.

그런데 한 번이 아니었다. 허공섭물을 이용해 쓰러져 있는 시신을 잡아당긴 단우 노야는 몇 번이나 같은 공격으로 진유검을 위협했다.

진유검이 마치 유성우처럼 내리꽂히는 육편과 골편을 막는 데 급급하던 찰나, 느닷없이 나타난 묵빛 강기가 천망을 두드렸다.

"크악!"

외마디 비명과 함께 진유검의 신형이 실 끊어진 연처럼 힘없이 날아가 처박혔다.

조마조마한 모습으로 싸움을 지켜보던 이들이 상상조차 하기 싫었던 광경에 저마다 비명을 내지를 때 땅바닥에 처박혀 한참이나 뒹굴던 진유검이 그 탄력을 이용해 벌떡 몸을 일으켰다.

힘겹게 중심을 잡는 진유검의 입에서 선홍빛 핏물이 흐르는가 싶더니 검붉은 울혈이 뭉텅이로 쏟아졌다.

크게 숨을 내뱉으며 입가를 훔치는 진유검의 낯빛은 창백했다.

생각보다 부상이 심각했다. 오장육부가 뒤틀리는 것은 간신히 진정을 시켰으나 들끓는 기혈이 좀처럼 제어가 되지 않았다.

진유검은 새삼스러운 눈으로 단우 노야를 바라보았다.

자아를 잃고 천마수에 잡아먹히기는 했으나 무인으로서 오랜 세월 몸에 밴 본능은 여전했다.

'그래도 성공은 했군. 피해가 막심하지만.'

천망이 깨지는 순간, 전력을 다해 날린 무흔지가 단우 노야의 왼쪽 눈을 강타했다.

무흔지가 금강불괴를 뚫어낸 것인지 아니면 눈까지는 금강불괴가 되지 못한 것인지 얼굴을 부여잡고 괴성을 질러대는 단우 노야의 손가락 사이로 검붉은 핏물이 보였다. 만약 무흔지가 제대로 먹히지 않았다면, 그래서 단우 노야의 손속이 조금 흔들리지 않았다면 결코 목숨을 장담하지 못했을 터였다.

"끝장을 내는 것은 아무래도 욕심이었겠지."

진유검은 조금 전보다 더욱 흉폭한 기세로 접근하는 단우 노야를 보며 쓴웃음을 지었다.

상처 입은 맹수처럼 무서운 것은 없는 법. 아무래도 제대로 건드린 듯싶었다.

쿵. 쿵. 쿵.

단우 노야가 발을 내딛는 곳의 땅이 푹푹 파이고 그 진동이 전장을 흔들었다.

입에선 뜻을 알기 힘든 괴성이 계속 흘러나오고 눈동자를 잃은 왼쪽 눈에선 붉다 못해 검은 핏물이, 오른쪽 눈에선 암흑보다 더욱 어둔 묵광이 뿜어져 나왔다.

후광처럼 일렁이는 마기는 시간이 가면 갈수록 더욱 거대해지며 천지 사방을 자신의 그늘 아래로 굴복시켰다.

엄청난 기세로 압박해 오는 마기에 대응하기 위해 전력을 다해 내력을 끌어모은 진유검이 검을 곧추세우자 검에서 뿜어져 나온 강기가 주변을 잠식해 들어오는 마기와 격렬하게 부딪쳤다.

단우 노야는 천마수로 자신의 앞을 가로막는 강기를 거칠게 찢어발기며 맹렬히 공격을 퍼부었다.

까드드드득!

천마수와 검이 부딪치며 불꽃이 튀었다.

천마수가 검에 막히자 갈고리처럼 세워진 반대쪽 손의 손가락이 진유검의 얼굴을 노리며 짓쳐들어왔다.

진유검이 교묘히 손을 놀리며 공격을 흘려 버리더니 재빨리 손가락을 낚아채 그대로 꺾어버렸다.

뼈 부러지는 소리와 함께 부러진 손가락이 손등으로 완전히 접혀 버렸다.

인간이라면 참기 힘든 고통이었겠지만 단우 노야는 이미 인간이라 할 수 없었다. 손가락이 꺾이는 순간 팔을 접더니 괴성을 내지르며 팔꿈치를 휘둘렀다.

다급히 팔을 들어 공격을 막아낸 진유검의 표정이 일그

러졌다. 망치로 맞은 듯한 충격이 팔을 타고 전신으로 퍼져 나갔다.

단우 노야가 진유검이 멈칫거리는 순간을 놓치지 않고 맹렬하게 돌진을 해왔다.

움직일 때마다 묵빛 강기를 활화산처럼 뿜어내고 있는 천마수는 물론이고 손가락이 뒤로 꺾여 기괴한 모양을 하고 있는 손도 미친 듯이 휘둘러 댔다. 언뜻 보기엔 마구잡이식의 공격처럼 보였으나 그 속도나 파괴력은 상상조차 할 수 없는 것이었다.

지옥의 화마보다도 더 강렬한 강기가 날아들었다.

분광보를 이용하여 황급히 피해냈으나 천마수에서 뿜어져 나오는 강기는 집요하게 진유검을 노렸다.

꽝! 꽝!

두 번의 충돌과 함께 거칠게 흔들린 진유검의 입에서 연거푸 피가 쏟아졌다.

그렇다고 무작정 당한 것만은 아니었다.

진유검의 전력이 담긴 검이 계속해서 단우 노야를 노렸고 몸 곳곳에 큰 충격을 안겼다. 물론 금강불괴를 깨뜨리지 못해 결정적인 부상으로 이어지지는 않았지만.

그렇게 한 치의 양보도 없이 치열하고 처절하게 이어지던 싸움은 시간이 지날수록 조금씩 단우 노야에게 기울어지기 시작했다.

천마수의 마기에 잡아먹힘으로써 전혀 딴 사람, 아니, 괴물로 변해 버린 단우 노야에 비해 계속되는 싸움에 진유검은 급격히 지칠 수밖에 없었다.

내력도 조금씩 바닥을 보이고 있었다. 그 여파는 천마수와 부딪치고 있는 검에서 여실히 드러났다.

천마수와 진유검의 검이 부딪칠 때마다 검의 이가 빠지고 검신에 금이 조금씩 가기 시작했다. 진유검의 막강한 내력이 실렸을 때는 상상조차 할 수 없는 일이었다.

그리고 어느 시점, 연신 뒤로 물러나던 진유검의 신형이 위태롭게 흔들렸다.

천마수가 어깨를 훑고 지나갔다.

천마수의 움직임을 따라 핏물이 허공으로 치솟았다.

손가락이 꺾인 손이 옆구리를 스치자 살이 한 뭉텅이나 잘려 나갔다. 꺾인 손가락 자체가 또 다른 무기가 되어버린 것이다.

몇 번의 공격을 허용하면서 진유검의 전신은 순식간에 피투성이가 되어버렸다.

비틀.

단우 노야의 파상 공세를 감당하지 못한 진유검의 몸이 중심을 잃고 흔들렸다.

단우 노야가 승리의 괴성을 질러대며 천마수를 뻗었다.

절체절명의 위기 상황.

싸움을 지켜보던 모두의 표정이 참담하게 변해 버렸다. 차마 보지 못하겠다는 듯 고개를 돌려 버리는 자들도 있었고 뒤늦게 힘을 보태겠다고 움직이는 자들도 있었으나 의미 없는 행동일 뿐이었다.

절망감이 내려앉은 전장에 일진광풍이 불어닥친 것은 진유검이 자신의 가슴을 파고드는 천마수를 보면서 천천히 눈을 감는 순간이었다.

"뭐 합니까? 정신 차려요!"

분노에 찬 일갈과 함께 진유검은 코앞에서 자신을 위협하던 천마수가 사라진 것을 느낄 수 있었다.

진유검의 시선이 위기 속에서 자신을 구한 음성을 따라 움직였다. 이미 까마득히 멀어진 신형. 예상대로 전풍이었다.

결정적인 순간에 갑자기 나타난 방해꾼으로 원하던 것을 얻지 못한 단우 노야는 괴성을 질러대며 닥치는 대로 살수를 휘둘렀다. 느닷없는 공격에 피아 가릴 것 없이 십수 명이 넘는 인원이 갈가리 찢겨 나갔다.

"네 상대는 나라고, 노괴!"

백보운제를 극성으로 펼치며 나타난 전풍이 단우 노야를

향해 장력을 날렸다. 방금 전, 진유검을 위기에서 구해낸 회심의 일격이었다.

하지만 이번엔 성공하지 못했다.

공격이 작렬하려는 순간, 진유검을 구하기 위해 무리하게 몸을 움직인 부작용이 나타난 것이다.

며칠 전, 간신히 목숨을 부지할 정도로 심각한 부상을 당했던 그로선 진유검을 구해낸 단 한 번의 움직임이 어쩌면 그가 할 수 있는 최선이라 할 수 있었다.

순식간에 기혈이 뒤틀리고 애써 일으켰던 내력이 모래성처럼 사라져 버린 순간, 전풍은 세 살배기 어린애만도 못한 존재가 되어버렸다. 그나마 다행이라면 내력이 사라지는 찰나에 발의 방향을 바꿨기에 단우 노야가 휘두른 천마수를 아슬아슬하게 피할 수 있었다는 것이다. 비록 한참이나 땅바닥을 굴러 처박혀야 했지만.

전풍이 진유검을 구하는 시점에서 싸움의 양상은 완전히 변했다.

믿었던 진유검마저도 감당할 수 없을 정도의 괴물이 되어버린 단우 노야를 제거하기 위해 숨죽이며 싸움을 지켜보던 모든 이가 합공을 하기 시작했다.

놀라운 것은 지금껏 그들과 생사를 다투던 산외산과 빙마곡의 무인들까지 합세했다는 것이다.

단우 노야가 천마수의 마기에 잡아먹히는 순간 그때까지 산외산의 무인들을 옭아매고 있던 암뇌제혼대법이 사라져 버린 것이 결정적인 이유라 할 수 있었다.

애당초 단우 노야와 적대시하던 이들이 대부분이었던 산외산의 무인들이 돌아서자 수장을 잃은 빙마곡의 무인들 역시 자연스레 그들을 따르게 되었다.

수백에 이르는 무인들의 포위 공격 속에서도 단우 노야는 조금도 위축되지 않았다. 오히려 흉성을 폭발시키며 무인들을 닥치는 대로 주살하기 시작했다.

두 번의 움직임도 없었다. 단우 노야가 천마수를 휘두를 때마다 사정권에 있는 이들의 머리가 터지고 심장이 뽑혀 나갔다. 뽑힌 심장을 우걱우걱 씹어 먹으며 괴성을 질러대는 단우 노야는 악마 그 자체였다.

순식간에 아수라장으로 변한 전장은 끔찍하고 처절한 비명과 두려움, 공포, 절망을 가득 담은 신음과 욕설로 뒤덮였다. 하지만 그 같은 상황에서도 누구도 몸을 빼지는 않았다. 두려움과 공포가 전신을 지배하고 손가락 까딱할 힘도 남아 있지 않았음에도 제 한 몸 던지기를 주저하지 않았다.

이유는 하나였다. 그들이 단우 노야를 잡는다는 것은 어불성설. 오직 힘겹게 가부좌를 틀고 앉아 운기조식을 하는 진유검이 회복할 시간을 벌어주고자 함이었다.

짧은 시간 동안 얼마나 회복이 될 수 있을지는 미지수였으나 단우 노야를 쓰러뜨릴 수 있는 유일한 인물이 바로 진유검이었기에 마지막 희망을 거는 것이었다.

모두의 간절한 바람을 아는지 모르는지 가부좌를 틀고 앉은 진유검은 미동조차 하지 않았다. 그에겐 지금 이 순간이 목숨과도 바꿀 수 없을 정도로 귀중한 순간이었다.

천. 산. 루와 의협진가의 시조라 할 수 있는 무명초자는 자신을 배반한 세 제자의 전횡을 막기 위해 마지막 제자에게 세 권의 책자를 남겼다.

세 권 모두가 무공서는 아니었다. 두 권은 무명초자가 평생에 걸쳐 익히고 깨달은 지식의 정수가 담긴 것이었고 오직 한 권만이 의협진가의 근본이 되는 무공서였다.

진유검을 비롯하여 무영도에서 평생을 바친 이들이 연구한 것은 무공서가 아니라 무명초자의 깨달음이 적힌 책이었다. 그 책을 바탕으로 새로운 무공이 만들어졌으며 진유검 대에 마침내 결실을 맺게 된 것이다.

하지만 진유검은 알고 있었다. 자신이 익힌 무공은 여전히 미완성이고 무명초자가 남긴 깨달음을 십분지 일도 제대로 활용하지 못하고 있음을.

그것이 늘 그의 고민이었고 삶의 화두였다.

그런데 죽음을 눈앞에 둔 순간, 모든 것은 내려놓았을 때 그토록 고민하고 애써왔음에도 잡힐 듯 잡히지 않던 깨달음이 불현듯 찾아왔다.

머리로는 이해가 되었어도 가슴으론 이해할 수 없었던 수많은 구결들, 그것들이 지닌 오묘한 이치들이 봇물 터지듯 밀려들었다. 그것을 결코 놓치고 싶지 않았던 진유검은 그 즉시 가부좌를 틀고 앉아 필사적으로 매달렸다.

그렇게 얼마의 시간이 흘렀을까?

시산혈해로 변한 전장에선 여전히 처절한 비명이 터져 나오는 가운데 조용히 운기조식을 하고 있던 진유검의 몸에서 은은한 빛이 흘러나오기 시작했다.

눈을 크게 뜨고 살펴야 알아차릴 수 있을 정도로 희미한 빛이었으나 사람들의 도움으로 겨우 목숨을 부지한 채 진유검 곁에 널브러져 있던 전풍만큼은 진유검의 변화를 정확히 파악하고 있었다.

"흐흐흐흐!"

전풍의 입에서 흐느끼는 듯한 웃음이 흘러나왔다.

"괴물! 넌 이제 뒈졌어."

전풍은 이제는 형상마저도 인간의 것이라 할 수 없을 정도로 괴이하게 변해 버린 단우 노야를 보며 코웃음을 쳤다.

과거의 경험을 떠올려 봤을 때 지금과 같은 변화를 겪은 뒤 진유검은 전과 완전히 다른 사람으로 변모했다.

천마신교를 되찾기 위해 죽을힘을 다해 무공을 익히고 있던 독고무와 실력 차이가 압도적으로 벌어진 것도 바로 그런 변화를 겪은 이후였다.

전풍은 기대에 찬 눈빛으로 진유검을 살폈다. 전신에서 아지랑이처럼 피어오르던 빛이 사그라들 즈음 진유검이 천천히 눈을 떴다.

"성공했습니까?"

전풍이 다짜고짜 물었다.

진유검이 눈살을 찌푸렸다.

"뭐를?"

"거 있잖습니까? 빛이 몸에서 막… 그 깨달음인가 뭔가를…….."

"비켜."

귀찮다는 표정을 지으며 전풍의 머리를 밀어낸 진유검이 가부좌를 풀고 자리에서 일어났다.

잊고 있던 고통이 밀려오는 듯 오만상을 찌푸렸다.

움직일 때마다 벌어진 상처에서 피가 배어 나오는 것을 보며 전풍이 불안한 표정을 지었다. 뭔가 자신의 기대와는 다르다고 여긴 것이다.

"이, 이상하네. 빛이 막 몸을… 이러면 상처 따위는 다 낫는 거 아닙니까? 저 노물처럼."

"내가 괴물이냐? 말도 안 되는 소리 하지 말고 비켜. 대꾸하기도 힘들다."

핀잔 섞인 말을 던진 진유검이 미쳐 날뛰는 단우 노야를 지그시 바라보았다. 이미 수없이 많은 이가 전투 도중 목숨을 잃었고 진유검이 바라보고 있는 그 순간에도 몇 명의 목숨이 끝장나고 있었다.

쓰러지는 자들의 심장을 뜯어 먹는 단우 노야를 보며 한숨을 내쉰 진유검이 검을 들었다.

"역시!"

조마조마한 표정으로 진유검을 바라보던 전풍이 엄지를 치켜세우며 환호했다. 잠시 불안하기도 했지만 진유검이 다시금 검을 잡는 것을 보면서 자신의 예측이 틀리지 않았다고 판단한 것이다.

진유검은 어마어마한 기대를 하며 자신을 바라보는 전풍을 의식하곤 쓴웃음을 지었다.

전풍의 예상대로 짧은 순간이었음에도 실로 많은 깨달음을 얻을 수 있었다. 그것이 무명초자가 깨달은 도, 지식의 정수가 아니라 무공 쪽에 국한된 것이라 아쉽기는 했으나 어쨌거나 이전과는 분명히 다른 단계로 도약을 했다고 자부할 수 있었다. 문제는 현재의 몸 상태가 깨달음을 통해 얻은 무공을 제대로 소화할 상태가 아니라는 것이다.

온몸을 덮고 있는 상처는 둘째 치고 겨우 억눌러 놓은 기혈은 금방이라도 터질 듯 들끓었다. 내력 또한 바닥을 보이고 있었다. 그와 같은 상황에서 새롭게 깨달은 무공을 사용한다는 것은 자살행위나 다름없었다.

가장 좋은 것은 전장을 떠나 훗날을 도모하는 것이지만 전장에 쓰러진 수많은 시신들이, 여전히 그에게 덤비고 있는 이름 모를 영웅들이 최선의 선택을 할 수 없게 만들었다.

'후하게 여겨 반각 정도인가.'

자신의 몸을 냉정하게 살피고 내린 결론이었다.

"풍아."

"예, 주군."

전풍이 신나 대답했다.

"움직일 수 있냐?"

"예?"

"움직일 수 있냐고?"

"그러니까 그게……."

"이곳을 빠져나갈 수 있냐고 묻는 거다."

진유검의 심각한 음성에 전풍이 살짝 굳어진 얼굴로 고개를 흔들었다.

"아까 주군을 구하느라 겨우 진정됐던 상처가 모조리

터졌습니다. 기는 거라면 몰라도 제대로 걸을 수도 없어요."

진유검이 새삼스러운 눈으로 전풍을 살폈다. 그러고 보니 여전히 앉은 상태였다.

"흠, 뛰는 없다는 거네."

"그런데 그건 왜 묻는 겁니까?"

전풍의 음성에 불안감이 가득하자 진유검이 씨익 웃었다.

"몰라도 돼. 아무튼 아까는 고마웠다. 덕분에 살았어."

웃음과 함께 고개를 돌린 진유의 몸에서 묘한 기운이 피어오르고 있었다.

전풍이 자신도 모르게 침을 꿀꺽 삼켰다.

방금 전, 진유검의 몸을 휘감던 오색 빛이었다.

그 빛에 감응한 것인지 멀리서 군웅들을 주살하던 단우 노야의 고개가 진유검을 향해 휙 돌려졌다.

진유검을 확인한 단우 노야의 신형이 그대로 쏘아졌다.

그의 행보를 막기 위해 다들 필사적으로 노력을 했으나 발걸음은 조금도 느려지지 않았다.

"크아아아아!"

괴성과 함께 달려오는 단우 노야의 두 주먹에선 섬뜩한 마화(魔火)가 피어오르고 있었다.

"어째 더 강해진 것 같네."

진유검은 단우 노야의 기세가 이전과는 또 다르다는 생각을 하며 검을 들었다.

활활 타오르는 마화로 뒤덮인 천마수와 반쯤은 이가 부러진 철검이 격렬하게 맞부딪쳤다.

꽝! 꽝! 꽝!

꽈꽈꽈꽝!

마화가 휘감고 있는 천마수와 철검의 충돌은 거대한 충돌음과 함께 사방 십여 장을 순식간에 초토화시키는 충격파를 양산했다.

천마수에서 피어오른 마화가 기세를 올릴수록 조금씩 철검에 힘을 보태고 있는 오색 빛도 강렬해지기 시작했다.

무림의 운명을 건 대결답게 두 사람의 대결은 그야말로 압도적이었다.

이전에도 없었고 이후에도 두 번 다시는 볼 수 없는 싸움.

치열하게 이어지는 공방, 누구하나 앞서고 있다고 말할 수 없을 정도로 두 사람의 실력은 백중세였다.

두 사람의 공방이 백여 합을 넘길 즈음 결정적인 변화가 찾아왔다.

발작적으로 괴성을 터뜨리며 공격을 펼치는 단우 노야와

는 달리 진유검이 또다시 무아지경에 빠져든 것이다.

검의 움직임도 바뀌었다.

그다지 빠르지도 날카롭지도 않았다.

부드럽고 여유롭게 이어지는 검의 움직임은 천마수의 강맹한 힘과 맞서기엔 너무도 부족해 보였다. 그러나 놀랍게도 검이 움직일 때마다 수많은 무인들의 합공에도 생채기 하나 남기지 않았던 단우 노야의 몸에 상처가 늘어나고 있었다. 금강불괴가 깨진 것이다.

"크아아아아!"

단우 노야의 울부짖음이 전장을 쩌렁쩌렁 울렸다.

고통이 때문인지 아니면 눈앞의 적을 어쩌지 못하는 것에 대한 분노 때문인지 알 길은 없었다.

우우우우웅!

거대한 공명음과 함께 천마수에서 피어오른 마화가 이전과는 비교할 수 없을 정도로 커졌다. 그러곤 단우 노야의 전신을 뒤덮었다.

단우 노야를 삼킨 채 활활 불타오르는 검은 불꽃.

마화와 하나가 된 단우 노야는 완벽한 악귀의 형상을 하고 있었다. 그 악귀가 진유검을 향해 손을 뻗자 검은 불꽃이 하나의 창이 되어 진유검을 향해 내리꽂혔다.

진유검을 굳건히 지켰던 철검이 먼지가 되어 사라졌다.

하지만 검은 여전히 그의 손에 존재했다.

진유검의 손끝에서 너무도 밝아 투명하기까지 한 빛의 검이 오롯이 솟아나더니 무섭게 압박해 오는 마화를 조금씩 걷어내기 시작한 것이다.

한 자, 두 자.

빛의 검이 완벽하게 모습을 갖췄을 때 마침내 진유검의 손을 떠났다.

한 줄기 빛이 어둠을 가로질렀다.

죽음과도 같은 어둠이 갈라지고 어느 시점, 빛의 검이 화려한 폭발을 일으켰다.

꺼질 줄 모르고 타올랐던 마화는 사라졌다.

전장을 질식시키던 마기도 거짓말처럼 사라졌다.

마화와 하나가 되었던 단우 노야의 일그러진 얼굴도 똑똑히 드러났다.

입에서 검은 핏물이 흘러나왔다.

두 팔은 흔적도 없이 사라졌으며 그의 가슴에 주먹만 한 구멍 하나가 뚫려 있었다.

빛의 검이 꿰뚫고 지나간 자리였다.

진유검에게 시선을 고정시킨 채 단우 노야의 몸이 천천히 무너져 내렸다.

잠시 동안 그의 눈동자에 생기가 돌아왔다고 느낀 것은

아마도 착각이리라.

"후우."

쓰러진 단우 노야를 바라보던 진유검이 긴 숨을 내뱉었다.

그를 향해 단우린이 달려오고 있었다.

곽종이, 공손민이, 어조인이 저마다 감격한 표정으로 달려왔다.

괴소를 터뜨리며 미친 듯이 기어오던 전풍이 대자로 누워 버리며 하늘을 향해 두 주먹을 움켜쥐었다.

악몽과도 같았던 전쟁터에서 살아남은 군웅들은 너 나 할 것 없이 환호성을 지르며 기쁨의 눈물을 흘렸다.

"이겼어요."

단우린이 진유검의 앞에서 눈물을 흘렸다.

"그렇… 군요."

그제야 승리를 실감한 진유검이 단우린을 가만히 안았다.

입가에 부드러운 미소가 지어졌다.

동시에 의식도 끊어졌다.

단우린과 전풍의 찢어지는 음성이 의식 밖으로 희미하게 들려오는 듯했다.

　　　　*　　　　　*　　　　　*

　무림사 최고이자 최악의 싸움으로 기록될 운중산 혈사(血 史)가 끝나고 무림엔 엄청난 변화가 찾아왔다.

　무황성과 천마신교, 산외산과 루외루, 세외사패가 난마 처럼 뒤엉키며 불어닥친 혈겁은 단우 노야가 목숨을 잃는 순간 완벽하게 종료되었다.

　운중산에서 산외산의 산주와 실질적으로 주인 역할을 하 던 단우 노야가 목숨을 잃었고 빙마곡의 곡주 또한 목숨을 잃었다.

　루외루의 루주는 목숨을 건졌으나 사실상 폐인이 된 갈 천상을 비롯하여 대부분의 수뇌들이 목숨을 잃은 바람에 그 힘이 과거에 비할 바가 아니었다. 당분간, 아니, 향후 몇 십 년 동안 무림을 도모한다는 것은 꿈도 꾸지 못할 일이었 다.

　대패 이후에도 그나마 전력을 유지하고 있는 있던 낭인 천도 단우 노야의 죽음을 확인하자마자 그들의 고향인 대 막으로 내빼 버렸다. 이미 무너져 버린 야수궁과 진유검에 게 완벽한 굴복한 마불사는 문제가 될 수 없었다.

　산외산과 루외루, 세외사패가 사라진 상황에서 가장 위 험한 집단으로 눈초리를 받은 것은 우습게도 무황성과 함께 싸운 천마신교였다.

전쟁을 승리로 이끄는 데 혁혁한 공을 세운 천마신교는 혹시나 새롭게 야욕을 드러내지 않을까 세간의 따가운 눈총을 받으면서도 무섭게 세를 확장해 나갔다.

그럼에도 큰 문제는 불거지지 않았다. 과거에 비할 바는 아닐지라도 무황성이 여전히 건재하다는 것과 단우 노야를 쓰러뜨리면서 혈겁을 종식시킨 수호령주 진유검의 존재가 있기 때문이었다.

운중산 혈사가 끝나고 정확히 삼 개월이 지났다.

어지럽기만 하던 무림이 조금씩 평화를 찾을 즈음 헤아릴 수 없을 정도로 많은 무인들이 한 지역으로 몰려들기 시작했다.

또 다른 전란의 징후는 아니었다.

그들이 지금 향하는 곳은 무림의 수호 가문이라 할 수 있는 의협진가, 이번에 정식으로 가주에 오르는 되는 진호의 퇴임식을 축하하기 위해 몰려드는 것이었다.

사실 거창하게 계획한 것은 아니었기에 의협진가에선 무황성을 비롯하여 몇몇 문파의 지인들에게만 조용히 초대장을 보냈다.

하나 소식은 들불처럼 퍼져 나갔고 그 결과 전혀 예상치 못한 엄청난 인파가 몰려들었다.

"징그럽게도 많다. 뭔 인간들이 저리 많이 온담."

의협진가를 정면으로 바라볼 수 있는 야산, 집채만 한 바윗돌에 걸터앉아 발을 아래위로 흔들고 있던 전풍이 어이가 없다는 표정을 지었다.

"그러게. 잠깐 헤아려 본 인원만 수백 명이 넘는 것 같다. 취임식은 내일 아니냐?"

바윗돌에 기대어 있던 독고무도 혀를 내둘렀다.

"모르겠다. 어쩌다 일이 이렇게 된 건지."

진유검이 술병에 입을 가져가며 말했다.

"모르긴 뭘 몰라. 모두가 네놈 때문이지. 네 눈치를 보기 때문에 그런 거잖아."

독고무의 핀잔에 진유검이 쓴웃음을 지었다.

"뭐, 그럴 수도."

"아까 보니까 낭인천에서도 사람을 보냈던데요. 그놈들과 의협진가가 뭔 상관이 있다고. 눈치를 본 게 아니면 그럴 이유가 없지요."

전풍의 말에 독고무가 콧방귀를 뀌며 말을 이었다.

"아까 나도 봤다. 어쩌나 어이가 없던지. 근래에 네가 낭인천을 손보러 간다는 소문이 돌더니만 아주 제대로 겁을 먹은 모양이더라."

"그런 소문이 있었냐?"

진유검이 놀라 되물었다.

"몰랐어? 네가 단우 노야와의 대결로 입은 부상을 치료한답시고 처박혀 있는 동안 온갖 소문이 다 돌았다. 심지어 근래에 너와 내가 싸운다는 말까지 있더라."

"아, 그건 나도 들었어. 그렇잖아도 많이들 걱정하던데. 천마신교의 힘이 급격하게 강해지고 있다고."

진유검의 말에 독고무의 안색이 살짝 굳어졌다.

"언 놈이 그래? 아무튼 그래서? 네 생각은 어떤데?"

"뭔 상관이냐? 다들 알아서 하는 거지. 할 거면 아주 제대로 판을 벌이든가."

독고무의 눈이 동그래졌다.

"……."

"왜?"

"진담이냐?"

"농담이다. 어차피 너도 그럴 생각은 없잖아."

독고무의 굳었던 얼굴이 펴지며 한숨이 흘러나왔다.

"피해 복구하는 것만 해도 한 세월이다. 야욕은 무슨 얼어 죽을."

"그러니까."

두 사람이 술병을 부딪치며 웃었다.

"내가 괜시리 너를 따라나선 것 같냐? 네 핑계 대고 나도 좀 쉬려고 그런다. 아, 그런데 단우 소저는 무영도에 함께 안 가냐? 어머님께 소개는 시켜야 할 것 아냐?"

진유검의 얼굴이 갑자기 환해졌다.

"그렇잖아도 일평객잔에서 만나기로 했다. 아마 도착해 있을 거야."

밝은 표정의 진유검과는 반대로 독고무의 안색은 조금 어두웠다. 한숨까지 흘러나왔다.

"부럽네."

"아직인 거냐?"

"그래."

"고집이 세네. 하긴, 처음 볼 때부터 만만치 않은 성격이긴 했지."

진유검이 독고무의 어깨를 가만히 두드렸다.

위로라고 하는 말이긴 했으나 어딘지 모르게 즐기는 듯한 표정이었다. 그걸 눈치챈 독고무가 도끼눈을 치켜떴다.

"놀리지 마라. 난 심각해. 후~ 미치겠다. 팔을 잃기 전의 무위를 찾아야 한다니 대체 얼마를 기다려야 한다는 거냐?"

독고무가 답답한 마음을 이기지 못하고 술을 벌컥벌컥 들이켰다.

"기다리기 지겨우면 가서 냅다 업어 오든가요. 사내가 저지를 줄을 알아야지. 계집애처럼 징징……."

입꼬리를 쫙 째며 이죽거리던 전풍은 살기로 번들거리는 독고무의 눈빛을 보곤 슬며시 말을 바꿨다.

"그런데 언제 출발할 겁니까? 이러다 약속 시간 늦겠어요. 공손 소저야 그렇다 쳐도 단우 소저까지 훨훨 날아가면 어쩌려고요."

"그럴 수야 없지. 내려와. 바로 출발하자."

독고무의 표정을 살피며 실실 웃던 진유검이 엄살을 피우며 말했다.

"근데 이렇게 떠나도 되는 거냐? 저 많은 사람들은 너를 보려고 온 거다."

독고무의 물음에 진유검이 어깨를 으쓱했다.

"그거야 저들 사정이고. 난 오라고 한 적 없다. 그리고 내가 있으면 조카 녀석의 입장이 곤란하잖아. 녀석이 주인공이 되어야 할 자린데."

"그도 그렇네."

고개를 끄덕인 독고무가 때마침 바윗돌에서 내려온 전풍의 뒤통수를 휘갈겼다.

"아, 왜 때려요?"

"더 맞을래?"

오만상을 찌푸리며 훌쩍 물러난 전풍이 가슴을 탁탁 치며 억울함을 토로했다.

"이거 너무한 것 아닙니까? 그래도 두 분은 짝이라도 찾으셨지만 난 뭡니까? 가만히 생각해 보면 뭍에 와서 한 거라곤 싸움박질밖에 없습니다. 얼마나 고대하던 여행이었는데."

진유검과 독고무는 버럭 화를 내는 전풍을 바라보며 피식 웃었다.

"그거야 네 능력이고. 나나 이 녀석도 싸움만 하고 다녔다. 아니냐?"

진유검이 돌아보며 묻자 독고무가 바로 맞장구를 쳤다.

"맞다. 능력이지."

"지, 진짜 이럴 겁니까?"

부들부들거리는 전풍에게 승자의 웃음을 지어 보인 두 사람은 약속이라도 한 듯 몸을 돌렸다. 그러곤 술병을 부딪치며 휘적휘적 걸어갔다.

"젠장!"

딱히 틀린 말은 아니라는 생각이 들었다.

억울한 눈빛으로 그들을 바라보던 전풍이 이내 어깨를 떨구며 힘없이 소리쳤다.

"같이 가요."

반응이 없었다.

전풍이 버럭 소리를 질렀다.

"아 쫌! 같이 가자니까요."

大尾

# 초대형 24시 만화방

**신간 100%, 샤워실, 흡연실, 수면실(침대석), 커플석, 세탁기 완비**

## ■ 시흥 정왕25시점 ■

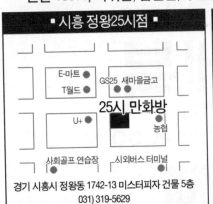

경기 시흥시 정왕동 1742-13 미스터피자 건물 5층
031) 319-5629

## ■ 강북 노원역점 ■

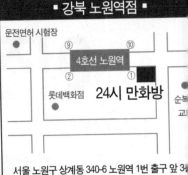

서울 노원구 상계동 340-6 노원역 1번 출구 앞 3층
02) 951-8324 (화용빌딩 3층)

## ■ 일산 정발산역점 ■

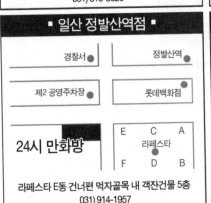

라페스타 E동 건너편 먹자골목 내 객잔건물 5층
031) 914-1957

## ■ 일산 화정역점 ■

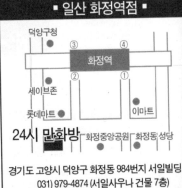

경기도 고양시 덕양구 화정동 984번지 서일빌딩
031) 979-4874 (서일사우나 건물 7층)

## ■ 부천 역곡역점 ■

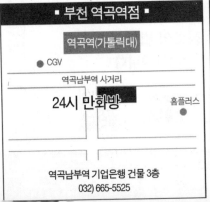

역곡남부역 기업은행 건물 3층
032) 665-5525

## ■ 부평역점 ■

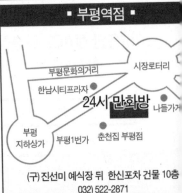

(구)진선미 예식장 뒤 한신포차 건물 10층
032) 522-2871

十중星

허담 新무협 판타지 소설
FANTASTIC ORIENTAL HEROES

십자성
전왕의 검

신력을 타고났으나 그것은 축복이 아닌 저주였다.

『십자성 - 전왕의 검』

남과 다르기에 계속된 도망자의 삶.
거듭된 도망의 끝은 북방 이민족의 땅이었다.
야만자의 땅에서 적풍은 마침내 검을 드는데……!

"다시는 숨어 살지 않겠다!"

쫓기지 않고 군림하리라!
절대마지 십자성을 거느린
적풍의 압도적인 무림행이 시작된다!

Book Publishing CHUNGEORAM

천성민 新무협 판타지 소설

FANTASTIC ORIENTAL HEROES

# 고검독보

강남 무림을 일대 혼란에 빠뜨린 마라천.
그들을 막아선 것은
고독검협(孤獨劍俠)이라 불린 일대고수였다.

마라천이 무너지고 난 후,
홀연 무림에서 모습을 감춘 고독검협.

그리고 수 년……

그가 다시 무림으로 나섰다.
한 자루 부러진 녹슨 검을 든 채로……!

Book Publishing CHUNGEORAM

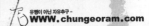

# GRAND SLAM

FUSION FANTASTIC STORY

자미소 장편소설

## 그랜드슬램

**2016년의 대미를 장식할 최고의 스포츠 소설!!**

Career record : 984W 26L
Career titles : 95
Highest ranking : No.1(387weeks)
Grand Slam Singles results : 23W
Paralympic medal record : Singles Gold(2012, 2016)

**약 십 년여를 세계 최고로 군림한 천재 테니스 선수.
경기 내내 그의 몸을 지탱하고 있는 것은…… 휠체어였다.**

## 『그랜드슬램』

**휠체어 테니스계의 신, 이영석(32).
그는 정상의 자리에서도 끝없는 갈망에 사로잡혀 있었다.**

**"걷고 싶다, 뛰고 싶다. …날고 싶다!!"**

**뛸 수 없던 천재 테니스 선수
그에게, 날개가 달렸다!!!**

Book Publishing CHUNGEORAM

유행이 아닌 자유추구 -
**WWW. chungeoram.com**

FUSION FANTASTIC STORY

서산화 장편소설

Miracle Direction
기적의 연출

천재 영화감독, 스크린 속 세상을 창조하다!

『기적의 연출』

대문호 신명일과 미모로 손꼽히던 여배우 김희수의 아들 신지호.
일가족은 불운한 사고로 인해 크나큰 비극을 겪는다.
이 사고로 섬광 기억(Flashbulb memory)이라는 능력을 얻게 된 그 순간!
그의 모든 게 달라졌다.

"배우의 혼을 이끌어내고, 관중의 영혼을 붙잡아야 합니다.
그게 제 목표입니다."

완전한 감독을 꿈꾸는 신지호.
이제 그의 영화가, 세상을 홀린다!

PROD.
SCENE
TAKE

Book Publishing CHUNGEORAM

유행이 아닌 자유추구 -
WWW.chungeoram.com